LES AILES COLLÉES

Sophie de Baere est diplômée en lettres et en philosophie. Après avoir habité à Reims puis à Sydney, elle s'est installée comme enseignante près de Nice. Elle est également autrice, compositrice et interprète de chansons françaises. Elle a publié en 2018 son premier roman, *La Dérobée*, puis *Les Corps conjugaux* en 2020 et *Les Ailes collées* en 2022.

Paru au Livre de Poche :

Les Corps conjugaux

SOPHIE DE BAERE

Les Ailes collées

ROMAN

JC LATTÈS

Des titres de chansons ont été donnés aux deux parties de ce roman. *Here Comes the Sun* fait ici référence à la reprise de la chanson des Beatles par Nina Simone en 1971 dans l'album éponyme. *The Last Rose of Summer* est un poème de Thomas Moore, adapté en chanson par de nombreux artistes dont Nina Simone en 1964 dans son album Broadway-Blues-Ballads.

ISBN : 978-2-253-24323-6 – 1re publication LGF

À tous les Richard, Eddy,
Yvan et Nathalie qui ont croisé mon chemin.

À Pierre-Hugues.

« Mais la traîtrise et la violence sont des lances à deux pointes ; elles blessent ceux qui y ont recours plus grièvement que leurs ennemis. »

Emily BRONTË,
Les Hauts de Hurlevent.

Prologue

17 mai 2003

La salle du restaurant se met à chanter, le bois de la table bat sous ses doigts. Ana aussi fredonne. Un air de cet été-là. Elle est si belle, si frêle. Les yeux de Paul s'attardent sur la mousseline qui colle à sa peau, sur les taches de sueur qui plissent légèrement le tissu de sa robe blanche et soulignent cette rondeur du ventre qui s'échappe. Depuis quelques minutes, la pluie a cessé sa course molle et le ciel s'éclaircit.

Ana est devenue sa femme.

Ana Daumas, épouse de Paul Daumas.

C'est joli.

Ça sonne.

La chanson s'achève. Les convives se rassoient face à la meringue italienne accompagnée de ses choux pistache et citron vert. Ana et Paul n'ont pas souhaité de pièce montée, ils voulaient un mariage simple.

Depuis la cérémonie à la mairie, il y a bien eu un bref discours de sa sœur Cécile, une chanson écrite par les deux témoins et un poème lu en tremblant par Blanche. Mais rien de plus. Un clapotement. Ils sont seulement douze. Leurs meilleurs amis, sa mère, ses beaux-parents, Cécile, son mari et leurs deux filles.

Paul regarde la mère. Ce matin, son visage hâve est passé entre les mains d'une esthéticienne. Les fards agrandissent son regard, colorent les petits os saillants de ses joues et lui donnent un air vivant, presque gai. Le maquillage comme une manière de voiler la vérité, de s'en défaire. Pourtant, quand Blanche est venue le féliciter tout à l'heure, sa voix, elle, avait l'âpreté d'un chagrin trop longtemps remâché. Paul croit qu'elle ne pouvait pas s'en empêcher. Penser au père, à son absence. Au refus que Paul, son propre fils, a eu de lui, en ce jour le plus beau de sa vie.

Un serveur élégant et discret débarrasse les assiettes à dessert et propose des cafés. Ana prend la main de son mari.

Son mari. La chair de poule sur ces deux mots.

Il lui sourit.

Les yeux d'Ana sont une promesse et Paul se cogne à la forme de leur désir, les embrasse, baise ensuite ses minuscules phalanges une à une. Il a envie d'elle, voudrait avaler le temps.

La pluie cogne à nouveau contre les baies vitrées. Paul n'aime pas ces étés orageux, il n'aime pas leur côté imprévisible et changeant. Cependant, au même instant, c'est bien une surprise que lui annonce sa femme.

— Chut. Ferme les yeux, Paul. Je te réserve quelque chose d'inattendu. À 3, tu pourras les rouvrir. 1, 2, 3.

Devant lui, un groupe d'une vingtaine de personnes. Des amis. Ceux de la salle de danse, de l'institut de formation des maîtres. Quelques enseignants de l'école dans laquelle il travaille. Les anciens voisins de Rennes chez qui Ana et lui passaient au moins une soirée par semaine à boire des Cosmopolitan. Sylvain, son vieux copain de fac de lettres. Il y a aussi Éléonore, la seule personne de son entourage, à part la mère, qui partage sa passion pour la danse de salon.

Ils viennent tous le serrer contre leur torse, lui dire un mot gentil, tapoter son crâne avec affection. René, son vieux professeur de piano, est même venu jusqu'ici. Ana jubile. Paul comprend qu'il y a longtemps qu'elle prépare son cadeau.

Et soudain, un peu en retrait, il reconnaît Pierre-Henri, son camarade d'école primaire puis de collège, perdu de vue depuis des lustres. Lui reviennent en mémoire son pas lourd, ses dents serrées dans des bagues, ses pulls jacquard en laine qui gratte. Une autre histoire, un recoin du temps. Oubliés. Au fond des os.

Et à côté de lui, il est là. Joseph. Joseph Kahn.

Paul écoute le chant surgissant du passé. Quelque chose d'indéfinissable l'atteint et écrase la lueur du moment. Il pense à ces jours vécus ensemble, ces jours uniques parce qu'ils ne reviendraient plus.

HERE COMES THE SUN

1983 – 1984

On est en 1983. Et pour être plus précis, l'été 83.

En ce mois de juillet, la température pouvait atteindre les 30 degrés. Une chaleur ardente, éreintante. Il est peut-être 22 ou 23 heures et Paul se revoit avec une netteté surprenante : allongé sur son lit, enfermé dans ses quatorze ans et crevant d'ennui. Des jours à rallonge, sans que rien survienne, comme si l'existence n'avait rien prévu pour lui ou alors quelque chose qui le dépassait.

Heureusement, Olivia Newton-John et John Travolta étaient coincés dans une cassette qu'il se passait en boucle. Et puis il savait qu'un jour, il réussirait à danser comme Danny Zuko. Ça le faisait tenir.

2 juillet 1983

Le week-end commençait.

Parées de leur vernis estival, les lumières du petit matin tremblaient sous le grand chêne. Les voisins avaient sorti la tondeuse à gazon, le robot autonettoyant de la piscine et les glaces Miko. On distinguait aussi les cris agacés des mouettes dans les pointes luisantes qui fendaient les nuages.

Comme à son habitude, le père avait délaissé la mère, les couronnes et les bridges dentaires pour son fusil et sa camionnette blanche aux essieux crottés. C'était la période du tir anticipé et Charles Daumas faisait partie des quelques privilégiés détenteurs d'un permis de chasse consenti par le préfet. Sangliers et chevreuils rempliraient bientôt le coffre de son utilitaire puis l'un des deux congélateurs du sous-sol.

Chaque dimanche de la saison, Charles aimait retrouver cette camaraderie virile, l'air qui s'engouffre dans le corps, l'animal à sa merci. Il aimait enfoncer ses bottes de caoutchouc dans l'aurore rose, sentir son humidité goutter dans les cheveux. Odeur d'humus et de boue, muscles tendus et fiers, il rentrait dans les bois et leurs sauvages profondeurs comme on pénètre dans une église, à 11 heures tapantes, pour rencontrer le Tout-Puissant. La forêt est une prière qui sauve, disait-il.

Paul se rappelle que Charles l'y avait emmené une fois. C'était un matin de la fin octobre 1981. Père et fils y étaient allés avec une patrouille de chasseurs. Juste avant de partir, le père avait fait promettre à Paul de rester silencieux. La chasse exige calme et concentration et puis, si ses amis toléraient sa venue, Paul ne devait pas se faire remarquer. Quand Charles avait dit ça, le garçon avait saisi la honte du père. Depuis qu'il sait parler, Paul est bègue. Et même si les choses s'étaient arrangées avec les années d'orthophonie, il lui arrivait encore de buter sur des mots.

Genoux fouettés par les branches et les hautes herbes, corps en avant, les hommes et l'enfant avaient marché un long moment dans les replis forestiers de ce bord de nationale. On approchait de la Toussaint et il faisait froid. On voyait encore la lune, sa lueur sèche et blafarde s'écoulait sur les bois et Paul avait le sentiment d'être là par effraction. Leurs dos courbés par les carabines, leurs grosses mains plaquées à leurs cuisses, les chasseurs avançaient en silence. À chaque fois que les coudes de Paul frôlaient les feuilles des arbres d'un peu trop près, le père se retournait et lui lançait un regard dur.

Au cours d'une de leurs haltes, Charles avait quand même autorisé Paul à porter son Beretta en bandoulière. Un court instant, le fils avait décelé une once de fierté dans les yeux du père, une sensation qu'il avait tenté de garder en bouche le plus longtemps possible. Pour la première fois sans doute, il se trouvait sur son parcours. Sur la même ligne, le même front, la même lutte. Enfin, il le rejoignait dans son monde.

Il était à peine 6 heures quand ils arrivèrent à l'endroit prévu. Le vent s'était levé et il tordait le cœur du garçon. De la fumée blanche sortait de ses narines, l'air gelé coupait la chair de ses joues. Paul ne voulait pas être ici mais il ne pouvait pas, une fois de plus, décevoir Charles.

Et puis tout à coup, le signal fut lancé et les yeux des uns et des autres se mirent à scruter, dépister, débusquer. Le père et Michel Varauch, le maire dont Charles était le premier adjoint, menaient la traque. Observateurs fiévreux, ils semblaient faire corps avec la forêt, s'infiltrant en elle, remontant la piste noire et mouillée, fondus en un seul et même objectif.

C'était un mauvais moment pour qu'un picotement s'insinue dans la trachée. C'était un mauvais moment et pourtant Paul fut pris d'une longue quinte impossible à retenir. Cette fois, Charles lui adressa un signe de tête qui ressemblait à une morsure. Paul comprit qu'il regrettait.

Le père ne l'emmènerait plus avec lui.

Quelques minutes après, une biche fut tirée et son cri de mourante jaillit dans l'air sombre. Une clameur que Paul n'oublierait jamais, presque une voix. Et tandis qu'ils s'approchaient du corps rouge et dolent de la bête, cette phrase que monsieur le maire lui asséna en souriant :

— Ton père, c'est un tueur-né.

9 juillet 1983

Saleté de fusibles.

Le disjoncteur avait sauté dans la nuit. La mère râlait.

Le compteur n'était plus aux normes, on était samedi et l'électricien demeurait injoignable. Le père était parti pour deux jours en congrès. Invitation annuelle d'un gros fabricant de prothèses dentaires. La télévision ne fonctionnait pas et ça, très précisément ça, Blanche Daumas était incapable de le supporter. C'était au-dessus de ses forces.

Ma sorcière bien aimée, *L'âge heureux*, *Belle et Sébastien*, *Janique Aimée*. Il y avait de longues années déjà, depuis l'enfance peut-être, que la mère ne pouvait plus se passer de leurs personnages, de cet amour sans angles qui les unissait. Elle en savourait la forme ronde, lisse, enveloppante. Une douceur de dragée qui donnait souvent à Paul l'envie de pleurer et qui, il le voyait bien, rougissait aussi les yeux de Blanche.

Mais ce que Cécile et Paul préféraient par-dessus tout, c'était une série américaine qui passait depuis un an sur la première chaîne. *Pour l'amour du risque.* Ils n'en manquaient pas un épisode. Chacun à leur manière, le frère et la sœur admiraient le couple formé à l'écran par les personnages principaux, des détectives richissimes qui parvenaient à déjouer les plus folles intrigues. Février, leur petit chien gris au long poil soyeux, faisait particulièrement rêver Cécile et, à la moindre occasion, la petite sœur suppliait Blanche de lui en offrir un semblable. Paul, lui, était touché par la relation entre les époux, par ce que tour à tour, l'un pouvait susciter d'émerveillement chez l'autre. Il aimait leur prévenance, leur proximité, leurs facéties complices. Il aimait l'idée d'un amour comme celui-là.

Lui aussi, un jour, lorsqu'il serait plus grand, il tomberait amoureux d'une fille comme l'héroïne, Jennifer Hart. Il la choierait, lui offrirait des montagnes de fleurs et de bijoux, lui écrirait des lettres et des poèmes, l'emmènerait dans les restaurants chics où les serveurs ôtent les manteaux des dames avec déférence et délicatesse. Il lui préparerait des petits déjeuners au lit sur un plateau d'argent. Croissants chauds, orange pressée, café italien avec de la mousse. Et même, il ferait tournoyer sa robe à volants sur la piste de danse d'un immense bateau de croisière. Sa Jennifer serait aussi jolie que Blanche. Mais, lui, il ne la laisserait pas s'étioler comme le faisait Charles avec sa femme, il ne froisserait pas les mots doux du début, il les garderait en vie. La fille qu'il choisirait serait son unique joyau. Il se l'était promis. Il était prêt, il n'attendait plus qu'elle.

Une torpeur sans joie. Il n'y avait pas d'autres mots pour décrire ce début d'été.

Chaque matin, le pied à peine posé sur le parquet, Paul se demandait ce qu'il allait bien pouvoir faire de tout ce jour qui restait. Il n'y avait personne pour réveiller les murs de granit et les fenêtres en berceau de la maison bourgeoise, personne pour ne serait-ce que les entrouvrir, pour brasser un peu d'air et de salive.

Quand il y songe aujourd'hui, Paul dirait que les moments passés ici se résumaient à quelques objets et lieux marquants. Des chaussures qu'on tenait à la main avant de rentrer, des patins glissés sous les chaussons, des portes qu'on se retenait de claquer, un mystérieux bureau toujours fermé à clef, une cuisine qui sentait encore le neuf et abritait des repas silencieux. En vérité, au sein du foyer, il n'existait au mieux que des bruits de pas dans les couloirs, parfois aussi quelques chuchotements, avec Cécile, à la fenêtre, leurs regards d'enfants se perdant vers la rue et l'impeccable jardin.

La plupart du temps confinés dans leurs chambres, il arrivait même que, des journées entières, Cécile,

Paul et la mère stagnent sur leurs lits. Fixant par la fenêtre le ciel sableux qui rétrécissait doucement. Ou, l'instant d'après, suivant les couleurs mouvantes d'un écran de télé placé sur un meuble haut, comme ceux qu'on colle encore aujourd'hui aux murs des chambres d'hôtel ou d'hôpital.

Des jours et des jours à se dire que rien ne doit déborder.

Des jours et des jours où tout déborde.

Mais il ne fallait surtout pas se plaindre. Les Daumas étaient beaux, ils possédaient une belle maison à tourelle, une belle situation, une belle vie, et la beauté, on n'a pas le droit de l'endommager, encore moins de la salir. Blanche ne l'aurait pas permis. Ses parents l'avaient élevée dans l'idée que beauté et douleur ne pouvaient pas cohabiter alors elle en avait pris son parti. Ses enfants aussi. On doit avoir l'air heureux quand on est beau et riche.

Rien à faire. L'électricien tardait à arriver. Seul avec Cécile, Paul prenait son déjeuner. L'eau du thé se consumait lentement dans une casserole oubliée sur le gaz. La mère, trop préoccupée par cette histoire de panne, avait renoncé à faire à manger et Paul regardait surnager ses corn-flakes en transpirant. Il faisait de plus en plus chaud. On n'était pourtant que début juillet. Pour faire passer les épreuves du brevet aux troisièmes, le collège avait fermé ses portes depuis quinze jours et renvoyé les élèves chez eux.

Mais pour Blanche, tout ça, c'était du grand n'importe quoi. Un diplôme qui ne valait plus rien, des adolescents contraints à l'oisiveté dès la mi-juin.

— Ça donnera rien de bon. Ah oui, Paul, crois-moi, on s'en mordra les doigts !

Du matin au soir, les mêmes rengaines maternelles roulaient les unes sur les autres. Du remplissage, sans texture ni racine. Des particules d'air qui palpitent.

Toujours un mot aimable pour les voisins, un vocabulaire choisi, le ton patiné, quand elle sortait, Blanche Daumas ressemblait à une bourgeoise de film américain – le genre qui sait dresser une table et tenir des conversations avec des gens importants. Une femme que l'on croise chez le fleuriste et que l'on trouve agréable mais avec qui il semble difficile de rentrer en intimité. Souriante et avenante, mais impénétrable.

Robe droite bleu marine ou beige repassée pli à pli, blazer à épaulettes, chignon serré, ballerines plates aux couleurs assorties : elle n'avait que la trentaine mais s'habillait déjà comme une dame. Et même en ce mois de juillet, tandis que le thermomètre avoisinait les 30 degrés, Blanche continuait de porter collants fins et chemisier à manches longues. Elle n'aurait surtout pas voulu avoir l'air d'une femme légère. Sous le tissu qui couvrait la peau nue et fragile, Paul se demandait parfois si la mère ne cherchait pas à devenir étanche.

En réalité, Blanche était un paradoxe. Elle se prétendait libertaire mais interdisait à ses enfants de toucher à tout, de parler à table, de choisir leurs vêtements. Elle se pensait indépendante mais passait sa vie à obéir aux ordres de son mari et à attendre qu'il lui fasse l'aumône d'un peu de son temps.

Charles le lui avait pourtant promis au début. Un petit hôtel à Montmartre, une gondole à Venise, une valse à Vienne. Ensemble, ils voyageraient. Ils iraient au restaurant, dans les meilleures boutiques des grandes villes, ils prendraient du bon temps. Une vie dorée à l'or fin. Mais Charles ne fermait le cabinet qu'à la nuit tombante et quatorze ans après leur mariage, Blanche n'avait encore jamais quitté la région.

Malgré tout, elle ne semblait pas lui en tenir rigueur. Le soir, lors du dîner que Charles, rentré trop tard, prenait généralement seul dans le salon – il avait l'habitude de dire, d'un air supérieurement moderne, qu'il faisait ses repas « à l'américaine » –, elle se positionnait toujours derrière lui. Et alors, il fallait la voir… Le corps immobile et les yeux en alerte, figée de manière à pouvoir remplir son verre de vin ou à débarrasser son assiette au meilleur moment. Une bonniche de luxe. C'est ainsi que la tante Françoise l'appellerait le jour de *la dispute*.

En ce temps-là, Paul ignorait si ses parents s'aimaient encore ou s'ils s'étaient jamais aimés, mais ce qu'il savait déjà, c'est que Blanche Daumas ne vivait que pour son mari. Lorsque Charles Daumas se retournait, il pouvait être sûr que sa femme se trouvait toujours dans son sillage. Chaque fois que son époux jouait de la trompette dans la fanfare municipale, chaque fois qu'il prononçait un discours officiel devant les quelques notables de la commune, elle se tenait là, juste derrière, rougissant de fierté et d'admiration, une chaleur inexplicable dans le regard.

Paul la revoit encore, les soirs de la semaine, dès la première seconde où la porte du garage se mettait à coulisser. Se cherchant une posture, les mains dansant dans ses cheveux tout juste gorgés de Shalimar, le corps aspiré par le désir de lui plaire. Flamboyante.

— Bon Dieu, ça marchera donc jamais…

Ce jour-là, à force de tripoter les boutons du compteur électrique, la mère s'énerva et finit, comme souvent, par mettre ses enfants dehors.

— Allez prendre l'air et ne revenez que pour le dîner. J'ai besoin de calme.

Paul la regarda. Son air contrarié, ses lèvres tremblantes. Il savait qu'une fois de plus, Blanche allait s'enfermer dans le bureau de Charles et laisser bourdonner le manque, trinquer avec sa solitude. Et Paul avait les bras trop courts pour la retenir.

Qu'est-ce qui s'était passé ? Que lui était-il arrivé ?

En repensant à la mère ce jour-là, Paul réalise qu'il a oublié son visage de l'époque. Son visage de trente-cinq ans. L'élan qu'il devait avoir et que ses yeux de fils cherchent encore aujourd'hui.

Voir la mer.

La petite plage des coteaux était déserte, les touristes n'étaient pas encore arrivés. Cécile avait déjà rejoint une copine du quartier. Paul était donc seul.

Le soleil clignotait et puis il y avait cette mer à marée basse qui s'éloignait, mètre après mètre, jusqu'à s'additionner au ciel. Depuis qu'il était tout petit, la mer lui offrait un refuge et quand Paul se trouvait là, les pieds et les genoux trempés, au milieu des coquillages, des palourdes et des bouts de bois flotté, son visage portait un rire sans langage. Juste une sensation, une humeur. La liberté.

À cinquante centimètres, des vagues claires, presque transparentes, roulaient leur haleine salée sur le tapis de sable. Flux et reflux. Ça faisait comme un chuchotement ininterrompu. Paul finit par poser son roman à côté de lui sur sa serviette. Ses yeux fouillèrent un moment le ciel blanc, y cherchant des nuances dans la lumière.

Il s'assoupit.

Le temps fila. Une demi-heure, trois quarts d'heure peut-être. Paul sursauta. Une nappe d'eau fraîche venait de surgir sous ses pieds, et avec elle, le début d'un frisson. Le garçon rétracta les jambes, redressa le buste puis se mit debout.

Le corps en tension, il faisait maintenant face à la mer remontante. Ses paupières se fermèrent. Du bout des orteils, sur le sable mouillé, il se mit à tracer une arabesque. Doucement, tout doucement, il tourna une main puis une épaule, pointa l'air d'un pied résolu, le fendit par un saut. Entrelacs de muscles et d'os courbés puis ouverts en un cercle gracieux, il éprouvait la chair, semblant balancer son corps comme on soupire sa vie, dans une tentative d'y échapper ou de la transcender. Danser pour rester debout. Pendant quelques instants, paupières toujours closes, Paul devint Travolta. Beau, musclé, élégant. Objet de désir et d'admiration.

Quand il y repense, Paul ne sait pas combien de temps dura ce bal solitaire mais ce qu'il sait avec certitude, c'est que lorsqu'il rouvre les yeux, un drôle de garçon, frange brune, regard moiré et perçant, est posté face à lui. Il doit faire à peu près sa taille, mais avec son maillot bariolé un peu lâche et son jean évasé en bas, il est habillé avec au moins dix modes de retard. Lui tendant la main, il dit qu'il s'appelle Joseph Kahn, qu'il a bien aimé son spectacle.

C'est beau, Joseph.

Paul aime tout de suite ce prénom.

Et puis ce garçon lui a fait un joli compliment. Il faut dire qu'à part la petite sœur ou la mère, personne ne commente jamais sa manière de danser.

Un soir, le père l'avait surpris en train de répéter une chorégraphie sur un morceau des Bee Gees. *Stayin' Alive*. Charles avait haussé les épaules et levé le diamant de sa platine en suppliant son fils d'arrêter ses bêtises.

— Tu ferais mieux de faire tes devoirs.

Paul avait obtempéré.

Mais ce Joseph Kahn, il le fixait avec intensité. Paul sentit quelque chose dans l'air.

Cela aurait pu en rester là. Une poignée de main, un sourire, deux ou trois mots banals. Mais entre les deux adolescents, sans que Paul comprenne bien pourquoi, se tricotèrent peu à peu une conversation et, presque aussitôt, l'écorce d'une confiance. Des confidences déjà.

Joseph, c'était le genre de gars à appeler ses vieux par leurs prénoms – Yaïr et Iris –, à dire que chez lui, il était un peu l'homme de la maison. Et Kahn, c'était un nom qu'il ne connaissait pas vraiment, celui de son père, un type riche qui avait quitté femme et enfant dix ans auparavant pour rejoindre une communauté de juifs orthodoxes, de l'autre côté de l'Atlantique, à Toronto.

— Yaïr et Iris, en vrai, je n'ai pas de souvenir d'eux ensemble.

De toute façon, son père, sa Torah et ses rouflaquettes, Joseph ne les voyait qu'une ou deux fois par an. Quand Yaïr séjournait en France et que son fils unique se contraignait, durant quelques jours, à parler sa langue et sa culture. Sa religion aussi.

— C'est le prix de la pension alimentaire ! ricana-t-il, une adorable fossette marquant le morceau de peau coincé entre ses lèvres et le plein de sa joue.

Sa mère et lui vivaient chichement. Quelques aides sociales, des marchés. Jusqu'en mars, ils avaient surtout vendu des bijoux artisanaux et des objets en bois sculpté. Bien planqués dans leur vieux van Volkswagen, ils changeaient régulièrement d'endroit, jouaient aux oiseaux migrateurs. C'était leur vie.

— La vraie vie même, précisa Joseph.

Mais l'existence est une chienne.

Une mauvaise chute, des mois d'immobilisation et une interdiction de conduire avaient eu raison de leur vie d'hirondelles. Et c'est comme ça, aussi bêtement que ça, que la mère au dos cassé et son fils, *l'homme de la maison*, avaient fini par poser leurs maigres bagages dans un mobile-home prêté par un ami, au camping, près des Cormières. À deux cents mètres de chez la famille Daumas.

Fin juin, Iris s'était même résolue à inscrire son fils en classe de troisième au collège du quartier, à La Fontaine. Elle n'avait plus le niveau ni même l'énergie pour continuer les cours à domicile. Joseph n'admettait pas cette décision. Lui, il brûlait déjà de repartir sur les routes. À cette évocation, il fit claquer sa langue d'un air déterminé, comme un assaut. Paul remarqua aussi que ses yeux luisaient davantage.

Étrange. Bizarre. Louche.

C'est comme ça que Paul voyait ce gars de presque quinze ans qui n'était jamais allé respirer l'odeur de la craie ou des vestiaires de gym en dernière heure de classe. D'emblée, il imagina la solitude et l'ennui, le plaignit.

— C'est ce que tu crois, lui dit Joseph, tout en pouffant d'un rire un peu forcé.

Bien sûr que non, il ne s'était jamais ennuyé. Et même il s'était fait plein d'amis. Des potes de sa mère, les enfants de ses potes. Avec eux, quand elle ne participait pas à des stages de macramé ou de purification par les mantras, Iris jouait de la guitare ou de l'harmonica sur le sol chaud. Des soirées à chanter tous ensemble, des feux de camp.

Avant d'échouer là, mère et fils faisaient la fête sur des terrains vagues, chez des amis, dans des squats, des petits festivals de musique indépendante, des bals de village. Mais depuis leur arrivée au camping, ils se contentaient de se retrouver avec quelques autres sur le sable de la pinède, juste à côté. Histoire de refaire le monde. Et aussi de fumer quelques lattes.

Les mots de ce Joseph Kahn sidéraient Paul. Des chasseurs, des dentistes, des prothésistes : aucune des connaissances de ses parents n'aurait pu être son ami. Personne ne l'amusait et, surtout, Paul ne les intéressait pas. Pour eux, il n'était qu'un gamin de quatorze ans. Un gosse transparent, tout juste bon à se taire et à obéir. D'ailleurs, lorsqu'il lui arrivait d'essayer de participer à leurs discussions autour du barbecue, les adultes lui demandaient toujours d'aller jouer plus loin. Et malgré les années, les poils poussés sur son corps et la quinzaine de centimètres supplémentaires, rien n'avait changé. Paul demeurait ce garçon trop sensible et freluquet que le père et ses amis trouvaient au mieux insignifiant et au pire dérangeant.

L'adolescent avait longtemps pensé que, pour un père ou une mère, avoir des enfants suscitait d'abord un agacement, jamais une partie de plaisir, encore moins un partage de chansonnettes et de chamallows grillés au coin du feu. Alors, ce que lui racontait le drôle de garçon en pantalon pattes d'éléphant démodé dessinait un espace d'une amplitude inédite, un peu comme lorsque à travers la vitre d'une voiture, on regarde un paysage qui change et s'étire à toute allure.

Les deux garçons passèrent le reste de l'après-midi à faire connaissance. Des silences entrecoupaient parfois leur conversation mais ils ne les gênaient pas. Ils tranchaient avec la voix puissante de Joseph. Un timbre rauque qu'il n'avait jamais besoin de forcer, un son qui faisait sens, avant même que Paul en démêle les mots.

Les voyages en van, les gens rencontrés au hasard des routes, les siestes moites sous les zébrures des arbres, le parfum des marchés dans le sud de la France, la danse des toiles de tente dans la brise des petits matins. De sa voix éraillée et si particulière, Joseph parlait et parlait encore. Et même, quelque chose en lui se mit à chanter lorsqu'il commença à lui décrire ses endroits préférés. Saint-Raphaël, Sète, Palavas. Et surtout Nice. Ses collines qui découpaient le ciel, son cours Saleya. Ses jolies filles sur les galets. Joseph se vanta aussi d'avoir pas mal pris la mer. Un des fiancés d'Iris avait un bateau qui mouillait à Saint-Jean-Cap-Ferrat.

Il lui adressa un regard malicieux.

— Et ouais, Paul… J'ai plongé avec des vraies bouteilles dans la baie de Villefranche. Et au large, y avait même des dauphins gris et des rorquals !

Quand Joseph Kahn se raconta cet après-midi-là, il y avait dans sa manière d'être au monde une sorte de ralentissement. Au fur et à mesure, ses phrases se répandaient en Paul, se frayaient comme un chemin en ligne droite jusqu'à sa vie intérieure.

Et puis, il fut l'heure de se quitter. Au grand soulagement de Paul, Joseph lui donna rendez-vous dès le lundi suivant.

— Même heure. Même endroit, lui dit-il en clignant de son œil doré.

Paul était déçu de devoir attendre le début de la semaine pour retrouver son nouvel ami, mais il savait que sa présence serait exigée par ses parents le lendemain. Il était prévu que les Daumas reçoivent la visite de l'oncle Jeannot et de la tante Françoise.

Tous deux venaient déjeuner aux Cormières pour fêter le nouveau travail de Jeannot. Après avoir écumé des petits boulots par-ci par-là, celui-ci venait d'être embauché comme vendeur dans une concession automobile. Paul était heureux pour Jeannot mais il espérait que ce métier-là ne l'empêcherait pas de voyager. Le couple partait à l'étranger au moins une fois par an et après chacun de leurs séjours, il rapportait à Paul des boules à neige pour sa précieuse collection. La dernière en date était celle du Colisée. L'oncle et la tante avaient toujours une gentille attention pour leur neveu et pour leur nièce qu'ils choyaient dès qu'ils le pouvaient. Ils n'avaient pas d'enfant et n'en voulaient pas. Jeannot disait fièrement que c'était le choix de la liberté. Paul les aimait bien. Ils lui semblaient si différents, si fringants.

Jeannot, la mère le connaissait depuis des années. Avant de fréquenter sa jeune sœur, il avait longtemps habité dans une vilaine masure proche de chez leurs parents. Sa carrure de boxeur, ses manières un peu rustres, sa gouaille, ses discours communistes : Blanche n'avait jamais beaucoup porté le beau-frère dans son cœur. Il lui rappelait cette pauvreté un peu vulgaire qui avait peuplé sa propre enfance. Reliquat d'une jeunesse passée bien loin de leur ville balnéaire, de sa côte d'émeraude et de son quartier digne d'une sitcom.

En réalité, Blanche et Françoise avaient grandi à l'intérieur d'un pavillon d'après-guerre, tout près d'un passage à niveau. Un petit cube moche et essoré au milieu de rien mais juste à côté d'une usine de conserves qui avait vu leurs parents faire les trois-huit pendant près de trente ans. Là-bas, dans cette campagne semi-industrielle, Jules et Madeleine Estève avaient mené une existence de pâleurs et de fatigues. Les mauvaises nuits étirant les mauvais jours, la grand-mère Madeleine était morte bien avant l'âge de la retraite et, fou de chagrin, son époux avait suivi peu de temps après. Il arrivait souvent que, lors des repas dominicaux, Jeannot et Françoise évoquent le souvenir de Jules et de Madeleine, mais en général, Blanche coupait court à ces conversations.

— À quoi bon ressasser, disait-elle. Le passé, c'est le passé.

D'après ce que Paul en sait, Blanche n'avait jamais partagé qu'une seule fantaisie avec sa mère, il s'agissait de son goût pour la danse de couple et particulièrement pour le rock'n'roll. Lorsque Paul était petit, dans la cuisine de la vieille Madeleine, en plus d'une bonne odeur de gratin de pommes de terre, il y avait toujours un fond musical d'Eddie Cochran. Parfois c'était aussi la voix entêtante du King ou encore celle de Bill Haley. Un jour, le jeune Paul avait même surpris la mère et la grand-mère, en tablier, qui chaloupaient comme des enfants sur un air des Shadows. Paul croit bien que c'est la seule fois dans sa vie où il les a entendues rire toutes les deux.

Le temps passa vite et, ce dimanche-là, on se trouvait déjà au milieu de l'après-midi.

Charles avait dû s'absenter après le repas pour remplir l'une de ses nombreuses obligations municipales. Paul était alangui et le soleil giclait dans sa nuque. Avec Cécile, ils faisaient la sieste dans l'herbe pendant que les adultes cuvaient leur vin, leurs corps rougis dépassant mollement des chaises de jardin disséminées autour de la nouvelle piscine. Des bribes de *Dimanche Martin* leur parvenaient du salon par petites vagues sonores. Sourires rivés aux lèvres, Françoise et Blanche feuilletaient de vieux albums photo.

— Regarde, mon Jeannot. La vieille 504 bleue de Charles… Tu t'souviens ? On en a fait des virées avec cette voiture !

Françoise lui tendit la photographie et Jeannot, amusé, ouvrit un œil.

— Ah, ça, il s'en est passé des choses dans c'te bagnole ! Un accident est si vite arrivé, hein, ma p'tite Blanche ?

Jeannot se mit à rire, de ce rire gras et irrévérencieux qu'il pouvait avoir parfois et qui déstabilisait tout le monde. Tout le monde et surtout sa belle-sœur. Ces quelques mots suffirent à figer Blanche. Son buste dressé, ses yeux crispés, ses lèvres d'acier : c'était comme si son beau-frère lui avait sauté au visage. Paul se souvient encore de l'étendue de son silence. De cette cigarette aussi, de sa manière bien à elle d'en aspirer longuement le filtre. Le calme des volutes avant la tempête.

Elle se leva.

Sans un mot, elle ôta la photographie des grosses mains de Jeannot et, sous la feuille plastifiée et collante, la replaça dans l'album. D'un simple signe du menton, elle fit signe à Françoise de la suivre.

Et puis il y eut *la dispute*. Entre la mère et la tante, toutes deux enfermées dans la cuisine. Blanche qui en voulait à Françoise d'avoir épousé un plouc pareil, Françoise qui traitait tout à la fois Blanche de sale bourgeoise et de bonniche de luxe.

Bientôt, les cris cessèrent.

L'oncle et la tante embrassèrent les enfants, rejoignirent leur voiture et quittèrent le jardin.

Une heure après, prétextant vouloir faire un tour de vélo, Paul pédala à toute vitesse jusqu'à chez Françoise et Jeannot, à quelques kilomètres des Cormières. Il avait besoin de savoir. Comprendre cette histoire d'*accident*, l'étrange réaction de la mère, sa colère contenue devant ses enfants, ses mots à charge dans la cuisine.

Quand, tout essoufflé, le garçon arriva en bas de leur HLM, la tante était seule sur son petit balcon. Jeannot venait de partir.

Elle fit entrer son neveu et lui offrit un verre de limonade accompagné de barquettes à la fraise. Paul patienta quelques instants puis, prenant son courage à bras-le-corps, il finit par avouer la raison de sa visite impromptue.

Françoise leva les yeux au ciel.

— Grand Dieu ! T'en as de drôles de questions, mon loupiot…

Paul fut déçu. Une fois de plus, il ne saurait rien des histoires des grands.

Il se trompait, pourtant.

De la manière la plus inattendue qui soit et moins d'une minute plus tard, assise tranquillement sur son petit balcon, la Françoise se décida à lui raconter.

Sa sœur.

Blanche Daumas. Née Estève.

La fille Estève.

Celle du passage à niveau.

Attirante. Très attirante, même.

Avec son corps enduit d'huile d'amande douce et sa bouche Rouge Baiser.

Ses beaux seins, larges, bien arrimés à son corps.

Sa beauté drue.

L'alcool inondant déjà ses vaisseaux.

Ça se passe le soir de la Saint-Jean. On a allumé des feux de joie sur le grand champ, les vieux sont partis et on a mis de la musique de jeunes. Jeannot, le nouveau fiancé de Françoise, a ramené des disques et des lumières. Il fait l'animateur. C'est son gagne-pain.

Sur les bancs de bois verni et usé, tout le monde la regarde boire, la jolie Blanche. La lumière sur ses épaules nues, la descente facile, son corps fumant de se vouloir ailleurs. Elle en fait tourner des têtes. Les vieux du village disent d'elle que c'est une traînée, de la mauvaise herbe. Encore une jolie môme qui finira mal.

Charles est en permission, il a presque fini son service militaire. C'est un beau garçon qui se cherche encore. Il pourrait faire médecine comme son père et son grand-père avant lui mais il s'imagine plutôt garde forestier ou, au moins, à travailler auprès des arbres, dans la nature. Il compte bien convaincre sa famille dès son retour. Les révoltes de Mai 68, même s'il les a suivies de très loin, lui ont donné de l'espérance et de la force. Lui aussi, il veut changer l'ordre des choses. En attendant, lors des permissions, il s'amuse. C'est ainsi que les gars de son régiment et lui se retrouvent dans ce bal improvisé, un bled paumé avec des chiens errants et des poules sur les trottoirs.

C'est la fin des années soixante et on danse sur les Stones ou Polnareff. Du haut de son mètre cinquante, la mère se déhanche sous les stroboscopes. *Jumpin' Jack Flash*. Les longs cheveux roux dépeignés, sa figure s'éclaire par saccades et ses paupières éblouies se ferment aussitôt, comme des yeux dans les phares. Elle est saoule.

À l'époque, la bière l'enivre encore et le désir danse sur la pointe de ses lèvres mi-closes. Le père sait qu'il va coucher avec elle. Il l'a su tout de suite. Tous ses camarades du régiment peuvent bien la regarder, c'est lui qu'elle va choisir. Ce soir, ils feront l'amour sur la banquette en skaï de sa 504 bleue.

Durant les semaines qui suivent, dès qu'il le peut, Charles rejoint Blanche dans son village perdu. Ils se retrouvent dans un local abandonné, près d'un stade aux barrières en béton mangées par la mousse.

Ils ne savent pas s'ils s'aiment ou si ce n'est encore que du désir. Mais la question est déjà obsolète : le ventre de la belle Blanche gonfle trop vite et les responsabilités du père grossissent avec lui.

On est en 1968. Ils sont très jeunes, ils n'ont même pas le droit de vote. Pourtant, alors qu'ils n'ont pas encore vraiment rencontré la vie, il faut déjà se marier et élever un enfant. La caresse de leurs sexes se mue en gifle.

Paul est cette gifle.

Putain, se dit-il.

Le fruit d'une baise à l'arrière d'une voiture, de quelques râles, d'un souffle court, d'un joli ventre engrossé un soir de beuverie : c'est ainsi que sur ce balcon de HLM, dans la bouche de la tante Françoise, Paul découvre l'origine de sa naissance.

Et il comprend soudain.

Dans cette anecdote avinée de fin de repas comme dans le silence maternel qui l'a suivie, il y a tout le malheur de sa famille. Une vie qui tient à une faute de goût du père, un samedi soir sur la banquette arrière d'une 504. Et la vie de sa progéniture qui tient dans cette faute.

Immonde.

Irrattrapable surtout.

Parce que entre ces gens-là on ne divorce pas, ça ne se fait pas, ce ne serait pas très catholique. Et puis, on a les moyens de posséder une garçonnière et de nourrir le silence.

Paul avait envie de tout dire à Joseph : le contact de ses phalanges sur les touches, leur pression, pianissimo, fortissimo, la jouissance secrète sur un dièse ou un bémol, l'oreille absolue que certains lui enviaient alors, la passion que depuis tout petit il vouait à la musique, l'exil qu'elle lui procurait, le conservatoire, les auditions, les concours, les ambitions et les espoirs de René, son professeur, sa décision de devenir un grand pianiste, ses mains comme une porte vers le sublime.

Et même.

Les souvenirs et les attentes. Les minutes et les jours à rêver. Y compris le temps passé à cultiver, depuis l'âge de neuf ans, son obsession pour John Travolta. Les scènes chorégraphiées de ses films qu'il connaissait par cœur. La danse comme une manière de rejoindre le vent, de s'imaginer un jour plaire aux filles. D'atteindre la mère.

Joseph, lui, ne savait ni danser ni jouer d'un instrument. Il ne connaissait pas Travolta et, de toute façon, il n'avait pas la télé et n'allait jamais au cinéma. Mais il s'en fichait. Ce qui lui plaisait, c'était de sculpter des objets en bois. Des coffres surtout. Pour ses quatorze ans, son père lui avait offert une mallette avec des outils de professionnel. Il lisait beaucoup aussi. Des romans de grands voyageurs.

Paul pressentit d'emblée les messes basses des autres dans le rang du bahut, les regards de biais qu'ils ne manqueraient pas d'avoir. C'est sûr : un gars comme Joseph Kahn n'aurait pas beaucoup d'amis au collège. Enfin si. Il l'aurait, lui.

— J'te jure, Paul, à chaque fois que je l'écoute, j'ai le cœur qui s'arrête. Et après, il reprend plus fort.

Il y avait eu ce 45 tours, avalé par un vieux mange-disque. *Lilac Wine.* Un morceau interprété par Nina Simone. Depuis qu'il en avait déniché quelques-uns sur une brocante, Joseph faisait la collection des vinyles de cette chanteuse afro-américaine dont Paul n'avait jamais entendu parler auparavant. Le drôle de garçon lui vouait un véritable culte. Chaque fois qu'il l'écoutait, il fermait les yeux aussi fort que possible et se mettait à sourire. Paul aimait le regarder. Son émotion tendue à la gorge, sa fossette qui lui mangeait la bouche. Il se sentait tellement privilégié et chanceux d'être là, avec lui.

Cet été 1983, les plaisirs se vivaient à la chaîne. Des petits pois d'insouciance que les deux garçons écossaient à toute vitesse. Au milieu des touristes, leurs pommettes posées sur un coin de serviette éponge, ils se confiaient, tissaient des histoires. Parfois, ils faisaient des baccalauréats, des batailles de cartes, des crapettes. Ils lisaient. Comme ça. Sans se parler. Juste pour être côte à côte. Sur cette plage, Joseph dévora Jack Kerouac ; Paul, lui, relut trois fois *L'Attrape-cœur*.

Souvent, Paul partageait les écouteurs orange de son nouveau walkman Sony. Michael Jackson, Madonna, Prince, R.E.M., Cyndi Lauper, Rod Stewart. Il était heureux de faire découvrir à Joseph les tubes américains du moment et certains morceaux plus anciens qu'il aimait bien. Ceux des musiciens classiques étudiés au conservatoire, les B.O. des films de Travolta. Une partie du répertoire des vieux chanteurs de rock blancs que la mère adulait. Ils se promirent d'aller ensemble à un concert, sur Paris. Ils s'y voyaient déjà.

Paul autorisait parfois Cécile à les rejoindre. Joseph appréciait beaucoup la compagnie de la petite sœur. 1, 2, 3 soleil, colin-maillard et chat perché peuplaient alors leurs après-midis. De temps en temps, les garçons lui traçaient aussi de grandes marelles sur le bitume de la rue. Un soir, après le dîner, tandis que la mère et le père se trouvaient à une réunion du comité de quartier, ils avaient même passé plusieurs heures tous les trois, en secret, sur la plage des coteaux. La rétine plongée dans le tube oculaire d'une lunette astronomique ramenée par Joseph, ils avaient observé le croissant de lune. Fier comme un paon, le drôle de garçon disait que sa lunette pouvait grossir le ciel jusqu'à trois cents fois. Paul se rappelle qu'ils avaient pu voir la frontière entre la partie éclairée et la partie non éclairée de la lune, là où les reliefs étaient soulignés par la lumière rasante du soleil.

Pour Paul, Joseph Kahn ne ressemblait à personne. À contre-courant des adolescents qu'il côtoyait habituellement, lui, il se moquait bien des modes et des principes. Il ne jugeait pas. Les jambes blanches et trop maigres de Paul, ses bras ballants, son allure gauche, son bégaiement quand il parlait trop vite : il s'en fichait aussi. Fréquenter Joseph était une vacance qui faisait du bien.

Au collège, il fallait paraître fort et déjà grand, être indifférent, se donner des airs. Avec le drôle de garçon, Paul pouvait être vrai. Et même dépareillé. Tout ce qui semblait l'intéresser, au fond, c'était de faire des morpions sur le sable, lire de bons livres, écouter religieusement une chanteuse noire et laisser les vagues tièdes caresser leurs nuques. Rire aussi, à s'en renverser la tête, à en retourner les manques.

Paul Daumas et Joseph Kahn se virent ainsi, de longs après-midis, à manger l'été jusqu'à la moelle.

Avant Joseph et aussi loin qu'il s'en souvienne, Paul n'avait jamais eu de véritable ami. À la maternelle, tout se passait plutôt bien avec ses camarades, mais les choses s'étaient corsées à son entrée en primaire.

Un être à part. Voilà ce que ses problèmes d'élocution avaient peu à peu fait de lui. Personne ou presque ne voulait jouer avec *le bègue*. Ni le groupe qui s'amusait à poules-renard-vipères, ni le clan des billes, ni les filles des cordes à sauter. Les autres enfants n'étaient pas méchants avec lui, on ne pouvait pas dire ça. Ils refusaient simplement de l'intégrer à leurs jeux, même avec les billes neuves et la corde à sauter fluorescente que lui avait achetées la mère.

Si bien que quand Paul était arrivé en fin de cours préparatoire, Blanche, alertée par la maîtresse, s'était résolue à prendre rendez-vous avec la directrice. Il n'était pas question que son aîné soit traité comme un moins que rien. Elle avait voulu bien faire.

Mais dès le lendemain, cela avait été pire encore. Les quelques élèves qui acceptaient de parler à Paul s'étaient mis à le fuir. En vérité, la directrice avait convoqué certains de ses camarades pour les obliger à jouer avec *le bègue*. S'ils ne le faisaient pas, elle leur flanquerait une punition. Vingt lignes à copier. Au minimum.

Évidemment, cette maladresse produisit l'inverse de l'effet recherché et le jeune Paul devint très vite la bête noire de toute l'école. En apparence, ses camarades de classe l'incluaient dans leurs jeux, mais dans la réalité, ils le mettaient plus ou moins de côté. À la balle aux prisonniers, il était celui à qui on refusait de faire la passe. Ou pire, qu'on ne délivrait pas. Et lorsque la maîtresse demandait à ses élèves de se mettre en rang, Paul était toujours le nombre impair qui se retrouvait tout seul. Sans main à serrer, sans chaleur dans la paume.

Alors, petit à petit, Paul avait appris à faire avec. Au fond, cette indifférence entre le reste du monde et lui ne le gênait pas vraiment ; elle l'accompagnait depuis si longtemps qu'il avait fini par la voir comme une amie, une protectrice. Et puis ses bonnes notes lui apportaient un grand réconfort. Il n'y avait qu'en récitation et en lecture orale qu'il n'excellait pas.

Élève exemplaire, Paul Daumas aimait la classe, la lumière de la classe, l'odeur de la classe. De la craie. Des buvards. De l'ardoise mouillée. Dans la salle aux murs tapissés de cartes géographiques et de conjugaisons, assis comme tous les autres devant son pupitre bien ciré, il n'était plus le fils de ses parents discordants ni le camarade esseulé de la récréation. Paul avait sa place au premier rang, son casier rassurant et toujours bien rangé, son rôle d'élève attentif. La maîtresse attendait quelque chose de lui et il faisait ce quelque chose. C'est tout ce qui lui importait. Paul en était certain déjà, plus tard, quand il serait devenu trop vieux pour continuer à être un grand pianiste international, il serait instituteur. Un jour, il ferait d'une salle de classe un îlot. Un jour, il offrirait ça, cette douce imposture, à d'autres enfants.

Bon lecteur, Paul avait, dès la classe de CE1, demandé l'autorisation d'apporter des livres à l'école. Il avait d'abord emprunté les romans que la mère lisait petite fille. Bibliothèque rose puis Bibliothèque verte. Le grenier de la maison en était plein. Blanche aussi aimait lire, mais seulement des romans de Sagan. *Des bleus à l'âme*, *Bonjour tristesse*, *La Chamade*, *Un certain sourire*. Elle les lisait et les relisait, en tirait parfois des citations qu'elle apprenait par cœur et, les bons jours, qu'elle déclamait à ses enfants. Ses mots d'une beauté déchirante.

À partir de là, la vie de Paul avait changé. Pendant les récréations, il s'asseyait sur les marches du préau et se réfugiait dans la lecture. L'enfant passait ainsi de merveilleux moments avec ses amis du club des cinq et du clan des sept puis, un peu plus tard, avec ceux des romans de Jules Verne qu'il empruntait à la bibliothèque du quartier ou que sa mère lui offrait. Le capitaine Némo, Michel Strogoff : ces aventuriers réchauffaient son âme et Paul ne se sentait plus seul. Le petit garçon bègue et timide s'inventait des vies et des joies.

Progressivement, grâce à la rééducation orthophonique, son bégaiement s'atténua. En CE2, Paul parvint même à présenter, avec son camarade Pierre-Henri, un exposé sur le *Titanic* sans buter sur aucun mot. Toute la classe avait applaudi. La confiance s'ancrant en lui, les autres commencèrent à le tolérer. Et même à l'apprécier.

Ensuite, au collège, si Paul ne faisait pas partie des plus populaires, les choses rentrèrent dans l'ordre. Son cœur se mit peu à peu à battre au même rythme que les autres.

Paul se disait souvent que les livres l'avaient sauvé.

28 juillet 1983

As contre roi. Paul avait perdu cette partie de cartes in extremis.

C'était à son tour d'avoir un gage. À lui maintenant de raconter l'un de ses souvenirs de famille. Mais pas n'importe lequel.

Joseph venait de lui décrire cette nuit où sa mère et lui avaient failli finir au poste de police, une histoire un peu folle de bain de minuit dans un hôtel de luxe cannois dont ils avaient fait semblant d'être les clients fortunés. Quand il repensait à la tête ahurie du gardien qui les avait trouvés là, s'ébrouant comme deux enfants dans la belle piscine à débordement, Joseph en riait encore.

— Allez, Paul, s'il te plaît. Il doit bien y avoir un truc interdit, un secret. Tout le monde a quelque chose à raconter.

Paul hésita, mastiqua ses rares souvenirs. Il ne voyait pas. Non, vraiment. Rien d'amusant ou de prohibé. Lui, quand il était petit, il ne lui arrivait jamais rien, il était toujours resté dans les clous. Sa mère à lui ne ressemblait pas à une hippie, elle était juste une femme au foyer bien comme il faut. Et son père un foutu chirurgien-dentiste.

Il finit cependant par se rappeler et commença à relater cette fois, sur un chemin de terre, près de la nationale.

Ce dimanche-là, les Daumas avaient fêté l'anniversaire de Blanche chez la tante Françoise et l'oncle Jeannot puis ils étaient revenus en voiture, passablement éméchés. Paul avait cinq ans. Assis sur les genoux du père, le petit garçon tournait le volant de la grosse CX pendant que Charles donnait des petits coups d'accélérateur. Le moteur de la berline grondait, ça faisait de sacrés à-coups. Paul riait aux éclats. Crispée sur la banquette arrière, la petite sœur dans ses bras, la mère riait aussi. Elle riait de la frayeur et de l'excitation d'être découverte par des voisins ou des gendarmes. Dans l'habitacle, il y avait un pic d'émotions fortes que l'enfant n'avait encore jamais partagées avec ses parents. Une sorte de communion. C'est vrai que c'était bien peu de chose, mais avec sa famille, Paul n'avait sans doute rien vécu de plus subversif.

— Tu vois, Joseph, rien d'exceptionnel. Pour moi, cette anecdote stupide est de celles qui ont marqué ma stupide enfance. C'est dire.

Paul baissa le regard. Son histoire terminée, il ressentait de la honte. Projetant une lumière crue sur ce dont il n'avait finalement que des souvenirs épars, son récit venait d'exprimer, dans sa vérité nue, toute la cruelle banalité et toute l'inconsistance de son enfance. Cécile et lui avaient bien passé quelques week-ends ensemble, loin de la maison, à Nantes, chez les grands-parents paternels, mais rien de plus. Aucun événement qui lui ait laissé une odeur de transgression, qui l'ait jamais grisé. Depuis son plus jeune âge, Paul était abonné aux week-ends catholiques dans sa chambre et aux camps de scouts sans surprise. Aveyron, l'été. Jura, l'hiver.

Une fois encore, Paul envia son ami. Il jalousa sa vie de bohème, s'imagina à sa place, aurait voulu dérober jusqu'à ses souvenirs d'enfance. Lui aussi, il aurait tant aimé vivre le même genre d'aventures. Avoir fumé des drôles de trucs avec les grands dans la pinède, être un lascar de camping. Dormir à la fraîche sous une toile de tente. Rouler vers l'inconnu dans un vieux van pourri. Dans la tête du garçon, la vie de Joseph se parait d'un goût de luxe.

La famille Daumas pouvait bien posséder la plus grosse maison du quartier, en racontant cette anecdote ridicule, Paul se sentit misérable. Et, pour la première fois depuis qu'il connaissait Joseph, un vilain ressentiment lui taillada le ventre.

Il se remémore ce jour de la fin juin 79, quand, au moment de prendre le car pour l'école élémentaire, Cécile lui confie son secret. La veille, la mère a reçu un colis. Une très grosse valise en cuir jaune qu'elle s'est empressée de cacher sous le lit conjugal.

— C'est au moins une valise pour quatre ! Une valise pour partir en vacances tous ensemble ! s'exclame la petite sœur en tapant des mains.

Paul a dix ans et ni lui ni Cécile ne sont encore jamais partis en famille plus d'un jour ou deux. Alors, pendant toute la semaine qui précède le départ, le frère et la sœur se figurent qu'ils séjourneront tous les quatre à la montagne ou à la mer. Quelle joie ! Ils déploient une énergie folle à imaginer les jeux, les promenades à vélo ou à poney qu'ils feront avec leurs parents. Le soir, au moment du coucher, un torrent de lumière jaillit de ses pensées et emporte le petit garçon vers des rêves multicolores. Il pourrait gravir sans trembler le haut du monde.

Mais le week-end suivant, juste à côté du fourreau à fusil, la valise jaune ne ressemble pas à la valise familiale tant espérée. À demi ouverte, s'y entassent des cartouches, une thermos, une paire de jumelles, une poche de battue et une corne de chasse.

La mère se penche vers ses enfants et Paul fixe les jolies mains qui se tordent puis s'essuient le long de sa robe de chambre. Elle explique que le père voyagera loin de la France. Dans un grand pays. À l'est. Qu'il y chassera le cerf et même l'ours. La mine contrite, elle ajoute que ce n'est ni un endroit pour les enfants ni un endroit pour une femme comme elle.

Elle serre son fils contre sa poitrine et, pour la première fois, Paul sent son haleine d'alcool qui siffle dans son cou. Le père, lui, ne dit pas un mot et se contente de leur faire un signe de la main. Paul ouvre grand la bouche, inspire fort pour ne pas pleurer.

Le mois de juillet, les enfants le passeront en grande partie dans la rue ou dans cette cachette que leur imagination muera peu à peu en contrée magique. Un rectangle de pelouse, de haie et d'arbustes coincé derrière la cabane à outils du grand jardin familial. La *cité des trésors*, dira plus tard la petite sœur.

Le regard de la mère, lui, se voilera de transparence. Il n'y aura plus d'étreinte de consolation, il n'y aura plus ce soubresaut d'amour du dimanche matin, devant l'entrée. Rien. Cet été de l'année 79, il n'y aura rien.

Boire. Boire et boire encore.

Depuis les vacances, la mère fermait de plus en plus souvent la porte du bureau. Paul et Cécile savaient qu'elle y restait pour s'enfiler du whisky. Ou de la vodka. Parfois, elle s'ouvrait même une bouteille de bon vin. Du saint-estèphe, son préféré. Elle se torchait et, après, elle les rejoignait pour cuver devant l'écran. Des heures moites à regarder de vieux feuilletons. Blanche ronflant sur le canapé, Cécile et Paul se gavant de Car en Sac.

Chaque fois qu'elle allongeait ses jambes de plus en plus maigres sur le canapé, Paul scrutait ses cuisses gonflées et pleines de bleus. À l'époque, le garçon croyait que le père la battait ; il ignorait encore que l'alcool qui s'infiltrait dans ses veines la liquéfiait jusqu'au sang.

Lors de ces journées de léthargie maternelle, l'adolescent s'échappait souvent pour voir Joseph. Il rentrait seulement une heure avant le retour du père. Pour ranger et aérer la maison. Réveiller Blanche et préparer le repas. C'était une sorte de contrat tacite entre eux.

Dans ces moments-là, Paul détournait le regard. Il feignait de ne pas voir sa jupe oubliée dans sa culotte tandis qu'elle sortait des toilettes, son visage flou, son haleine chaude et mousseuse. Il feignait de ne pas voir qu'elle se soûlait pour ne pas être là, avec eux.

La mère disait qu'elle ne se trouvait bien nulle part.

Il faisait trop chaud, trop froid, trop noir.

Les nouilles que Paul avait préparées étaient trop cuites, il avait mal tondu la pelouse, pas assez brossé les cheveux emmêlés de sa sœur.

Même ses doigts posés sur le piano lui brisaient les tympans.

Et puis, il ne ressemblait à rien.

Regardez-moi ce crétin. Il a boutonné dimanche avec lundi.

Tout était prétexte à la mettre en rogne et ses reproches sonnaient comme les tessons des bouteilles qu'elle balançait en cachette dans le terrain vague derrière la maison. Ou qu'elle remplissait de sirop pour faire croire que.

Ridicule.

Heureusement que Paul pouvait retrouver Joseph et laisser refluer la honte et le chagrin dans un coin de sa tête, les y enfermer à double tour, pour quelques heures. Une fois arrivé sur la plage des coteaux, le garçon détachait sa vie en plusieurs morceaux. Il y avait ceux qu'il emmenait avec lui et ceux qu'il laissait aux Cormières. Paul était un être coupé en deux.

Elle avait hoché la tête. Elle semblait même ravie à l'idée que son fils amène un ami. Il y avait des mois que Paul n'avait pas osé inviter quelqu'un chez lui ; il avait trop peur que la mère soit ivre, qu'on se moque et qu'il devienne la risée du collège. Mais, avec Joseph, ce n'était pas pareil. Paul avait confiance.

Quand son nouvel ami sonna à la porte, cela fit un drôle d'effet à Paul. Personne ou presque ne sonnait jamais à la maison. Même le facteur avait perdu cette habitude. Quelques semaines auparavant, en pleine journée, celui-ci avait surpris Blanche complètement vaseuse. Gêné, il laissait désormais les colis à la vieille Charreton, une voisine qui jurait à tout bout de champ derrière le grillage de sa belle propriété.

Mais en ce début d'après-midi, Blanche n'avait vraisemblablement pas bu une goutte d'alcool et avait soigné la mise en scène. Avant l'arrivée de Joseph, toutes les pièces avaient été nettoyées, rangées, aérées. Ça sentait bon le propre et l'ammoniaque. La coiffeuse à domicile venait de passer et Blanche arborait une jolie teinture aux reflets auburn. Elle avait un côté Rita Hayworth dans *Gilda*, son film préféré. Paul la trouva belle, avec sa peau caramélisée par l'été contrastant avec l'iris laiteux qui cernait sa pupille noire. En l'observant avec attention, le garçon pouvait même y déceler un reflet bleuté.

La mère frotta ses mains vernies l'une contre l'autre et, en regardant Joseph et ses enfants, elle souffla :

— Avec cette chaleur, on va tous finir par fondre !

Puis elle se mit à rire bruyamment et son rire brilla à ses lèvres comme une enfance qui s'entête. Son corps doré, sa robe blanche légèrement bouffante, ses ballerines bleu ciel, sa chevelure éclatante : tout en courbes et en lumière, Blanche Daumas avait un sacré panache.

Dans le grand salon, des coupelles étaient sorties et, tout en s'appliquant à les remplir d'une délicieuse glace à la pêche, la mère commença à questionner Joseph. Elle voulait tout savoir. Sa famille, ses habitudes, ses aspirations. Très vite, Joseph devint son point de mire.

Contrairement à son fils qui rougissait dès qu'un adulte l'interrogeait, Joseph répondait facilement à ses questions. Comme ça, de but en blanc, un peu frondeur, il n'hésita pas à lui dire ce que jamais Paul n'aurait osé dire. Des mots bombés, trop mûrs, presque provocateurs. Et Blanche l'écoutait, le regard appuyé, le haut de son corps curieux et tendu vers lui.

Joseph lui expliqua qu'après le collège, il partirait en apprentissage avec les Compagnons du devoir.

Ébéniste ou charpentier.

Il ne savait pas encore.

Lui, il imaginait déjà la vie sur les routes. La camaraderie ouvrière, l'excellence, le respect, la rencontre. La matière brute qu'on façonne. La peau couvant le bois, les sillons qu'on creuse, les copeaux chauds qui s'amalgament et font des rubans. L'odeur de sciure. Les dessins sur la planche. Et surtout la lenteur qui le préserverait de l'impatience du monde.

Blanche et Cécile buvaient ses mots et Paul, en l'écoutant, comprenait mieux ce que son ami lui disait de sa relation aux adultes fréquentés par Iris. Joseph paraissait déjà si grand et lui, encore si petit.

La journée s'avança. La mère accepta de faire un Monopoly puis un Nain jaune. Tandis que bien souvent Cécile et Paul n'avaient droit qu'à des poignées de silence, Joseph, lui, savait recevoir la parole de Blanche, capter son attention, ses mots, son sourire. Et par ricochets, Paul les reçut aussi. Une chose était désormais certaine : Joseph rendait sa vie plus belle.

Avant que leur invité ne reparte, Blanche insista pour prendre une photo.

— Allez ! Ça nous fera un souvenir.

Même s'il était déjà tard, la mère autorisa Paul à raccompagner son invité et, une fois dehors, les deux amis s'attardèrent un peu sur la plage. La présence de Joseph à ses côtés, le parfum iodé venu du large, l'odeur des pins, la mer qui déferlait sous la lumière du soir : Paul n'avait besoin de rien d'autre. L'existence paraissait plus vaste. Rincée par l'eau et les rayons, elle grouillait de possibles. L'espace de quelques minutes, le jeune Paul oublia la vie resserrée entre ses parents, leur amour tourné court, leur manque d'égards, leurs mots tombés dru. Il remisa son passé. Qu'il est doux de prendre l'air et de se moquer d'hier.

À son retour de la plage, Paul alla rejoindre Cécile. Allongée sur son lit rose, la petite sœur ne dormait pas encore. Comme chaque fois avant de se coucher, elle attendait le câlin du soir.

Avançant son front pour laisser à son grand frère le soin d'y coudre un baiser, elle colla son ventre contre le sien. Puis sa bouche d'enfant lui chuchota que, grâce à Joseph, leur maman était un peu rentrée dans leur monde. Et que c'était bien.

9 août 1983

Au petit matin. La mère. Inerte. Sur les carrelages de la cuisine. Son mascara qui coule et son Rouge Baiser tout barbouillé sur sa peau blême.

C'était la première fois que le père ne rentrait pas de la nuit.

Jusque-là, Charles avait encore la décence de cacher ses conquêtes et son épouse, ses bouteilles vides. Ils faisaient semblant et ce mensonge était encore une chance, une lutte. Pour ralentir l'échec, garder un peu les yeux clos. Une once d'insouciance avant que la terre tremble pour de bon.

Paul s'agenouilla à sa hauteur afin de l'aider à se relever et Blanche se mit à pleurer. Son visage se décomposa. Claqué de fatigue, méconnaissable, il était celui d'un temps désormais échu. Celui d'une femme qui s'était épuisée à faire de sa vie un état transitoire, pensant que chaque lendemain serait un renouveau, que l'amour bancal de son époux serait un jour à la hauteur du sien. Mais il n'y avait qu'elle, pensait le fils, pour continuer à guetter cet homme-là, pour ne pas voir combien l'espérance peut être violente. Pour répéter le même rituel pathétique.

D'abord une vodka tonic sur la terrasse en feuilletant pour la centième fois le même roman de Sagan ou un vieux magazine.

Puis une deuxième en préparant le repas.

Si le père tardait à revenir du cabinet, un whisky avec une cigarette.

Un Lagavulin les bons jours.

Sinon un Chivas.

Ça s'arrêtait là et la mère donnait encore le change, ne révélant rien de sa solitude. Mais ce matin du 9 août 1983, Blanche Daumas avait fini par la hurler.

Il était 10 heures et Cécile n'arrêtait pas de chouiner.

La mère, toujours enfermée dans sa chambre, ne répondait pas quand la petite sœur l'appelait à travers la porte.

À huit ans, comment comprendre qu'en pleine journée d'été, alors qu'elle devrait jouer aux cartes ou s'ébrouer dans la jolie piscine de la jolie maison avec sa jolie petite fille, une mère est occupée à cuver sa vodka de la nuit ?

Les heures passèrent. Midi sonna à la comtoise. Paul abandonna sa lecture et alla retrouver Cécile qui jouait dehors.

Assise en tailleur sous le grand chêne, le regard perdu, l'enfant tenait sa nouvelle Barbie Twirly Curls serrée tout contre son torse. Le grand frère en eut mal au bide. Sécher les larmes de Cécile : la mission de Paul était claire désormais, son rôle assigné. La petite sœur avait besoin de quitter ce monde-là pour en suspendre un autre à la place.

Vers 13 heures, Paul leur improvisa un déjeuner de pain, de rillettes et de boudoirs roses trempés dans la Danette, repas que Cécile rebaptisa joyeusement *festin de la reine.* Sur un plateau, ils déposèrent les verres interdits, ceux en cristal, ainsi que les assiettes destinées aux rares convives de la maison. Le tapis moelleux du salon déménagea dans le jardin et ils pique-niquèrent sur l'herbe blonde et chaude. Une assiette fut mise de côté pour Blanche.

Mais la mère ne se réveilla pas.

Aux premières heures de l'après-midi, ils rejoignirent la *cité des trésors*. Un fleuve tropical brodé sur les dalles japonaises du jardin, ils commencèrent à voguer en pirogue. Crocodiles argentés, ponts de pierres précieuses, bouches d'arbres en fruits et chevelures feuillues, Paul leur inventa un voyage extraordinaire et, bien à l'abri derrière lui, un sort presque enviable. Ça sentait bon la mangue, la goyave et le miel. Pour quelques heures, il n'y eut plus ni passé ni lendemain, plus de terre qui craque sous les pas. C'était leur secret à tous les deux. Bien sûr, Paul faisait ça pour distraire Cécile mais, au fond, il avait aussi conscience que ce monde crayonné par sa propre imagination l'aidait, lui. Il l'aidait à ne pas se laisser dévorer par l'autre.

Et la journée s'allongea ainsi. Cécile et Paul coulés à l'intérieur d'une fable, jusqu'à ce que le soleil s'émousse et les oblige à regagner la maison, son silence, sa reine fatiguée et déchue.

Quand, une heure plus tard, le père rentra, les enfants étaient en train de décongeler des lasagnes dans le four. La mère n'avait toujours pas quitté sa chambre.

L'air sombre, Charles mena l'interrogatoire. Paul chercha d'abord à éviter son regard, mais entre deux battements de paupières, il parvint à le coincer. Charles était très fort pour ça. Le fils finit par avouer.

— Je m'en occupe, dit Charles.

Les enfants dînèrent rapidement puis, leurs jeunes corps tremblants enfouis sous la couette, ils se terrèrent dans la chambre de Cécile. De leur tanière, ils entendirent le père qui tirait sa femme du lit dans lequel elle macérait depuis des heures et, très vite, ils perçurent les grincements de la porte du garage. Charles était en train de sortir la voiture. Il emmenait leur mère à l'hôpital.

Cécile et Paul ne le savaient pas encore, mais ce fut la première d'une longue série de visites aux urgences. Là-bas, un médecin prescrirait des médicaments à Blanche. Il réussirait même à la convaincre de participer à des réunions, avec des gens comme elle.

Lors des premières rencontres, le père l'y accompagna. Si ce n'étaient les réceptions à la mairie ou le pot de fin d'année au cabinet dentaire pendant lesquels il mimait l'amour conjugal, il y avait bien longtemps que Charles ne faisait plus d'effort avec sa femme. Des siècles qu'il ne regardait plus les yeux, la bouche, le cul, la peau de Blanche. Alors ces quelques soirs où leurs parents rejoignirent tous les deux les Alcooliques Anonymes, Paul et Cécile les imaginèrent comme des rendez-vous galants.

— Il y a encore de la confiture de quetsches, si tu en veux.

Elle avait une bonne voix. Un timbre doux, ancien. Ça sentait le pain grillé et le café en train de se faire.

La mère avait préparé le petit déjeuner pour toute la famille. Ses enfants eurent même droit au chocolat chaud *à sa façon*, du chocolat dessert Nestlé qu'elle faisait fondre avec un peu de cannelle et de miel dans une casserole de lait posée sur le gaz.

Juste après avoir débarrassé la table, ils se retrouvèrent dehors avec elle et jardinèrent tous les trois pendant un long moment. La mère aimait travailler la terre, elle tenait cette habitude d'une enfance à la campagne. Dans le quartier, personne n'ignorait que Blanche Daumas participait au concours des villes fleuries. En 1981, elle avait gagné un premier prix.

Brushing impeccable, tenue bien propre et repassée : chaque jour, elle taillait, plantait, semait, retournait, bêchait. Elle vouait une véritable passion aux rosiers anciens et particulièrement aux rosiers galliques et de Damas. Elle disait fièrement que ces derniers étaient déjà cultivés au temps des Grecs et des Romains.

Aujourd'hui, avec son recul d'adulte, Paul croit que c'était la seule manière qu'avait trouvée la mère de prolonger l'histoire et de s'y inscrire. Tenir debout dans cette vie de guingois. D'ailleurs, quand il y songe, pour rien au monde Blanche n'aurait dérogé à ce rituel. Ces années-là, il n'y avait que quand elle buvait trop qu'elle laissait ses plantes dépérir.

Pendant plusieurs jours, le père se montra également très présent, et quand il s'adressait à ses enfants, il n'avait plus cet air agacé, celui qui montrait qu'il avait toujours mieux à faire. Il semblait avoir envie de leur transmettre quelques rudiments d'amour.

Ainsi, il commença à rentrer plus tôt du cabinet et il organisa des petits matchs de basket devant le garage. Le panier accroché sur le pignon arrière de la maison pouvait enfin servir. Ces soirs d'août, les enfants se prirent pour des joueurs de la NBA et Paul battit même Charles à plusieurs reprises. Des victoires qui lui parurent au moins aussi glorieuses que s'il avait remporté une finale pour les Lakers de Los Angeles.

Le fils était tellement heureux et fier de partager ces moments avec le père et de bouleverser un peu l'ordre des choses. Ne pas faire de bruit quand les adultes parlent, rejoindre la rue ou la chambre pour s'amuser. Depuis toujours, Paul Daumas vivait dans une famille où les enfants devaient rester à leur place, alors ces quelques dribbles que Charles lui offrit formèrent une parenthèse ouatée, quelques heures de repos au bord du vertige.

Durant cette courte période, les époux Daumas essayèrent vraisemblablement de retrouver un peu de la douceur perdue. Paul le voyait, le père. Il l'observait. Tentant de redécouvrir la mère, de s'enivrer d'un cœur échoué, lui prenant la main tandis qu'elle ramassait les couverts en tremblant, lui disant qu'il allait les emmener en vacances à Majorque, lui promettant de rentrer moins tard.

Il ne tiendrait pas plus de quinze petits jours.

Les tiroirs du bureau renversés, l'armoire de vêtements du père vidée, sa mallette à fusil désossée, chacune de ses carabines cognée des dizaines de fois contre le sol dur de la terrasse, les beaux livres de chasse arrachés jusqu'à la dernière page, les cadres photographiques décrochés des murs puis balancés dans les ordures ménagères : elle qui, d'habitude, n'élevait jamais la voix et l'attendait bien sagement, avait mis la maison à sac.

Le père, lui, la regardait et ne disait rien. Il n'y avait rien à dire. Tout leur échec demeurait là, dans ces choses brisées et irréparables.

Peu à peu, cette femme que Charles culpabilisait de négliger depuis tant de temps lui était apparue telle qu'elle était devenue. Mère dépassée, épouse ternie. Une longue plainte silencieuse et insoutenable. Et maintenant qu'il avait décidé de n'aimer qu'elle et de la sauver d'un alcoolisme dont il était la cause, il n'y parvenait pas.

C'était trop tard.

Ses traits épaissis par l'attente, son regard souvent teinté d'une pellicule vitreuse, son corps comme une traînée de chairs déjà consumées, il n'en avait ni supporté la vue ni accepté la paternité. Comment admettre le terrifiant spectacle de sa propre faute ?

Alors le père avait très vite cessé de faire des efforts et, comme toujours, il avait rejoint le versant de ses vieilles habitudes adultérines. Le chagrin de Blanche, lui, avait glissé sur la pente de la perpétuité.

Les années qui suivirent, le père eut encore de nombreuses amantes et, dans une sorte d'espoir des damnés, les états d'âme de la mère cheminèrent au hasard de leurs visages. Le plus souvent, des visages jeunes. Des femmes de vingt-cinq ans qu'elle croisait à la boulangerie, dans la salle d'attente du cabinet ou le 31 décembre, lors du bal des associations.

Des pétasses.

C'est ainsi qu'elle les surnommait quand elle se couchait près de Paul, l'haleine chargée, dans les bruits étouffés du petit jour.

Jamais Charles et Blanche ne redevinrent ce couple décati qu'ils donnaient à voir avant cette tentative d'aller mieux. Ce fut bien pire. Ils se haïrent comme des chiens. Le père rentrant de plus en plus tard. La mère s'enfermant encore plus souvent dans le bureau pour y boire son whisky et sa honte.

25 août 1983

Il aurait aimé ne pas arriver comme ça. Sans prévenir. Mais tant pis, l'impatience lui faisait trop mal dans les os et puis, au fond, ce n'était pas si grave.

Paul se souvient encore d'avoir compté : cinq jours qu'il n'avait pas vu Joseph. Ce dernier l'avait prévenu, son père était de passage en ville. Il le contacterait quand Yaïr serait reparti pour Toronto. Pourtant Paul désobéit. Il fallait qu'il voie son ami, qu'il retrouve un point d'appui, un truc qui sèche les larmes.

Devant le mobile-home des Kahn, ça embaumait l'encens et le patchouli. Des tissus tendus ornés de symboles holistiques pendaient aux fenêtres et quelques jardinières recelaient quantité de plantes aromatiques. Le BMX de Joseph était accolé à l'une d'elles et, sans même s'en apercevoir, Paul se mit à sourire. Le visage engoncé dans les plis de sa veste en jean, il toqua deux coups brefs contre le bois lasuré.

Au bout d'une interminable minute, un rideau de perles émit un joli tintement et Joseph apparut. Visiblement gêné, l'adolescent referma la porte derrière lui. Sa mère faisait la sieste alors il préférait que Paul le retrouve cinq minutes plus tard, au square du camping, à côté des balançoires.

— Tu sais bien comment elle est. Elle aime pas qu'on la dérange.

Paul devina à ses yeux fuyants qu'en ce début d'après-midi Iris Kahn avait déjà beaucoup trop abusé du cannabis.

Paul s'installa sur une des balançoires. Juste en face de lui, sur un sol caillouteux, un groupe de vieillards en short jouait aux boules. Leurs pas boitillants et leurs mains tremblotantes faisaient comme un écho au ressac de la mer toute proche. À quelques mètres, devant une toute petite caravane d'un blanc immaculé, une dame se reposait sur sa chaise longue. Sa radio venait d'annoncer le nouveau montant de la Valise RTL. Comparée aux mobile-homes décrépis qui la jouxtaient, sa caravane semblait presque luxueuse.

Paul se rappela qu'une fois, à table, le père avait parlé d'un projet de la mairie visant à raser le camping. Il disait qu'il n'y avait là-bas que des miséreux ou des dépravés et qu'à la place de leurs mobile-homes crasseux, on installerait bientôt piscines, toboggans et pataugeoires.

— Ce sera une manière efficace d'attirer les touristes et de renflouer les caisses municipales, avait-il lancé.

Du haut de ses quatorze ans, Paul ne comprenait pas bien l'intérêt que pourrait susciter une telle installation. L'eau salée refluait à peine à quelques dizaines de mètres, la plage s'étendait sur des kilomètres. Décidément, le monde des adultes le consternait.

Joseph finit par le rejoindre. Son père était reparti le matin même, c'était donc une belle surprise pour lui de voir Paul et de prendre l'air. Il n'en pouvait plus des sermons de Yaïr, de ses discours sur la religion, de ses longues tirades à la con sur la soi-disant vie de débauche de son ex-femme et de son fils.

— Tu vois, Paul, quand Yaïr parle d'Iris, on croirait qu'il parle d'une pute. Parfois, j'te jure, j'ai presque envie de le buter, lâcha-t-il, deux de ses doigts pointés sur sa tempe droite.

Après plusieurs minutes passées à déambuler sur les chemins sableux et chauds du camping, ils s'installèrent à l'ombre, sur un monticule de terre herbeuse que protégeait un pin parasol. Joseph proposa à Paul des pancakes au sirop d'érable tout juste déballés du papier aluminium. Yaïr les lui avait ramenés de Toronto.

— Tu devrais les goûter, c'est une tuerie... Au moins, mon vieux, il est pas venu pour rien !

En mordant dans la pâte molle et sucrée, Joseph s'esclaffa et en dissémina un peu partout sur son tee-shirt. Son rire franc traversa Paul. Avec le drôle de garçon s'esquissait le retour des choses légères, de celles qui font changer de peau. Et ça faisait un bien fou.

Les adolescents regagnèrent ensuite leur repaire non loin de la plage des coteaux, cette toute petite crique difficile d'accès au sein de laquelle les vacanciers n'osaient que rarement s'aventurer. Pendant qu'il dévalait les rochers pentus, à l'abri derrière lui, Paul observait Joseph. Son dos plus large que le sien, sa nuque solide, ses bras durs.

Une fois assis au bord de l'eau, les deux garçons retrouvèrent vite ce parler vrai qui tissait leur lien depuis son commencement. Ces moments suspendus où tout se dit, tout se déclame, les lèvres arrondies, où l'on s'étourdit de ses propres mots.

Avant, avec ses camarades du collège, Paul portait une distance de protection. Avec Joseph, les choses s'avéraient bien différentes. Questions qui tracassent, envies qui taraudent : Paul vivait enfin sa personnalité au grand jour. Enfin, il déployait ses ailes. Dans leurs conversations, sa vie intérieure pouvait foisonner, il devenait spontané, ne calculait rien, était juste lui-même.

Joseph et Paul possédaient les candeurs et les faiblesses de leur âge. Ils se comprenaient et même quelquefois, s'il leur arrivait de ne pas se parler durant de longues minutes, ils n'en avaient pas besoin. Ils se contentaient d'être.

Après qu'ils se furent raconté ces jours passés loin l'un de l'autre, Joseph se mit à fouiller dans son sac à dos. Il en sortit son vieux walkman et tendit ses écouteurs à Paul.

C'était Nina Simone, une reprise des Beatles. *Here Comes the Sun.* Depuis quelques jours, Joseph écoutait cette chanson en boucle.

— Elle me fait du bien. Elle me fait penser à toi, Paul.

Here comes the sun,
Here comes the sun,
And I say, it's all right
Little darling…

Allongés tête contre tête, la musique les arracha aux mots. Et les deux garçons restèrent là, un long moment, sur le sable, dans la lumière vernissée du crépuscule, reliés par leur immobilité et unis dans l'écrin solaire de cette chanson.

L'été 83 s'étira ainsi, fuselé de ces bonheurs simples et inédits. Crépitement de petites blagues, de langages secrets, de musiques partagées et de siestes crayeuses au bord de l'eau.

Puis septembre. Et, avec ce début d'automne, le retour au collège. À La Fontaine.

Pour la première fois, la mère accepta de laisser son fils y aller seul. Ça lui faisait vingt minutes à pied mais Paul croyait bien que ça arrangeait Blanche de ne pas avoir à s'habiller. Depuis qu'elle avait fracassé les carabines, elle s'était remise à boire.

Dorénavant, la pauvre femme traînait le plus souvent en vieux tee-shirt informe et en caleçon au noir délavé. Même le Shalimar qui collait à sa peau et à ses cheveux avait disparu. Charles appelait ça *être en bannette* mais cette *bannette*, pour Paul, c'était le signe que la mère avait rendu les armes.

Blanche ne se préparait plus que lorsqu'elle devait sortir, ne cuisinait que s'ils recevaient. Et encore. Elle ne parlait plus ou presque, comme si elle avait épuisé tous les mots et, avec eux, tous les espoirs que le langage fait naître. L'épuisement était à ras bord.

La veille, Paul l'avait surprise au téléphone. Il ne savait pas à qui elle parlait.

— Je ne me sens plus vivante alors à quoi bon me tuer, avait-elle murmuré dans un sanglot.

Cécile et Paul déjeunaient le plus souvent seuls, de quelques chips, crudités et Captain choc à la fraise ou aux pépites de chocolat. Le soir, en attendant le retour de Charles, ils avalaient sans plaisir des plats Findus devant la télé.

La mère, elle, ne mangeait pas avec eux.

Ou alors elle se gavait.

La nuit.

Quand le père découchait.

Des raviolis froids à même la boîte, parfois des paquets de biscuits entiers préalablement trempés dans du lait froid.

Quand il lui arrivait de se lever pour aller aux toilettes et que Paul la découvrait ainsi, assise à la table de la cuisine, son corps sans poids, usé déjà, les larmes lui éclaboussaient le visage. Petits bouts de verre piquant ses joues.

Paul crevait d'envie de la serrer dans ses bras. Mais il n'osait pas. Elle avait trop bu et il craignait que ça tourne à l'orage.

Au moment du coucher, Paul priait la Vierge Marie. Le curé du catéchisme lui avait dit un jour qu'elle pouvait exaucer les prières des bonnes gens, alors, mains et genoux serrés à s'en faire mal, l'adolescent demandait à la Sainte Vierge de veiller sur la mère. Il n'y eut pas un soir où, avant de se tapir sous les draps, il oublia sa prière. Après tout, on n'était pas à l'abri que ça marche.

Le bruit du tiroir à couverts qui coulisse et qui claque, le frémissement du lait contre l'inox brûlant de la casserole. Paul préparait le petit déjeuner pour Cécile et pour lui. Chocolat chaud et biscottes beurrées. La mère dormait encore et le père avait passé la nuit dehors. Il avait dû oublier la date de la rentrée des classes. Paul avait de la peine pour la petite sœur ; lui, de son côté, en avait pris son parti et la colère remplissait tout l'espace.

Depuis que la tentative de réconciliation entre ses parents avait échoué, Paul sentait bien que la hiérarchie changeait. Au milieu des creux et des bosses, comme Joseph avec Iris, Paul devenait peu à peu *l'homme de la maison*. Au fond, Charles se fichait bien de savoir ce qui se passait ici quand il partait coucher avec ses pétasses. À trente-cinq ans, on se trouve dans la fleur de l'âge.

Lors d'une dispute, Paul l'avait entendu dire à la mère qu'il voulait profiter, rattraper ses années gaspillées avec une saoularde.

L'adolescent avait eu envie de l'étrangler.

Pourtant, le lendemain, comme à chaque fois qu'il était allé trop loin, Charles avait offert un bouquet de roses de Damas à sa femme et Blanche lui avait sauté au cou.

Il était déjà 7 h 30 et Paul alluma la radio. La voix du King. *All Shook Up.* Un morceau qu'il adorait. L'année précédente, la mère lui en avait appris les passes et les portés. Une fois, avec Joseph, ils s'étaient amusés à le danser. Ils étaient alors seuls tous les deux, dans la chambre de Paul, et ça passait sur une de ses cassettes enregistrées.

— Allez, mon gars, bouge tes fesses, je vais t'apprendre quelques pas de rock, avait-il osé.

Joseph avait repoussé l'air avec son bras, semblant dire que c'était ridicule.

Il avait ri.

Paul lui avait quand même tendu la main et, après une légère hésitation, Joseph l'avait saisie.

À cet instant, sa beauté saturait l'air et Paul aurait aimé être lui. Sa peau, ses yeux, son adorable fossette, sa bouche, son cou. Fondre son corps dans le sien. Parler, bouger comme lui.

Ils avaient dansé une minute. Paume contre paume, sueurs mêlées. Hanches serrées puis desserrées. Paul lui avait dit qu'il dansait bien mais, au fond, il ne savait même pas si Joseph dansait bien. Ça signifiait autre chose.

La cour du collège était toujours la même. Quelques jeunes et maigres frênes avec des tuteurs noirs, les marronniers devant le préau, le goudron, les lignes blanches sur le sol pour marquer les rangs. Le banc des VIP.

Sacs US, sweats larges, jeans ou fuseaux moulants, bas de survêtement Challenger, des petits groupes de troisièmes bavardaient. Ils se racontaient sans doute leurs vacances. Planche à voile ou bronzette sur la plage en bikini fluo. Parfois les deux.

Les garçons avec les garçons. Les filles avec les filles.

Richard Vialatte, le bagarreur de service, et les jumeaux Eddy et Yvan Brousse tournaient déjà autour de Paul et de Joseph. Ici, ils jouaient les caïds, étaient du genre à se lancer des défis de garçons. Des petites conneries. Un peu de vol à l'étalage, des insultes écrites au Blanco sur un pupitre, des filles avec lesquelles ils se cachaient derrière le gymnase du collège pour se rouler des pelles ou des cigarettes. Ici, tout le monde les admirait et les craignait.

Curieux de voir Paul accompagné d'un nouveau aux fringues d'un autre âge, les trois compères lui firent passer un interrogatoire. Mais Joseph leur répondit avec un mélange de douceur et d'indifférence et ces mots-là les rincèrent de toute agressivité. Ils se montrèrent presque prévenants. Ou au moins prudents.

Quand Richard et Eddy rejoignirent le banc des VIP et leurs amis, Yvan resta un peu avec eux. Il proposa même à Joseph de lui faire visiter les bâtiments du collège avant la sonnerie.

Yvan, c'était le moins mauvais des trois. Il se contentait souvent d'être là et de regarder son frère et Richard maltraiter les autres. Il parlait peu. Les autres l'appelaient *le taiseux*. Eddy et Yvan, Paul les connaissait depuis la maternelle. Des faux jumeaux dont les gens disaient que le premier avait tout pris et rien laissé au second. Eddy était le costaud, le blond, le fort en maths, le populaire. Il était aussi le grand ami de Richard. Yvan, avec son long corps en fil de fer, ses cheveux poil de carotte coupés en brosse et son silence quasi systématique, suivait son frère comme un toutou. Il n'avait pas de coquille.

Richard le malmenait. Depuis des années. D'ailleurs, Richard n'était tendre avec personne. Il se moquait de tout le monde, y compris de ses amis. Seulement, lorsqu'il s'attaquait à Eddy, celui-ci était le seul à oser répliquer et ça finissait en éclats de rire et en tapes viriles sur l'épaule. Il semblait même que ça consolidait leurs liens.

Paul n'a jamais compris le plaisir que peuvent prendre les jeunes mecs à se chercher en permanence. Sous couvert d'humour, le sifflement de la haine peut bien se répandre. Qui aime bien châtie bien. Et interdiction de se plaindre ou d'exiger des excuses, il ne faut pas montrer qu'on est touché et prendre le risque d'être exclu de la bande. Tout doit glisser. C'est ça être un dur. Prendre des coups et en rendre, faire de bons mots aux dépens des autres. Yvan, lui, il prenait les impacts et se taisait. Paul sentait bien que l'adolescent faisait semblant d'en rire, il voyait le grondement dans ses yeux.

Une fois, Paul avait croisé *le taiseux* au cinéma. C'était le mercredi après-midi où il était allé voir *Grease* avec Blanche. Comme Paul, Yvan devait avoir dans les neuf ans et lui aussi était accompagné par sa mère. Son frère Eddy était resté avec leur père. Un match de football à ne pas manquer.

Après la séance, assises sur un banc de la grand-place, Blanche et Mme Brousse, qui se connaissaient déjà, avaient discuté. À l'époque, Yvan et Paul jouaient rarement tous les deux à l'école. Paul n'aimait pas son air indifférent, son silence têtu et, surtout, son jumeau lui fichait la trouille. Seulement, cette fois, les enfants avaient été contraints de passer un moment ensemble et contre toute attente, ils s'étaient bien amusés.

Lorsqu'ils s'étaient rejoints tous les quatre sur le chemin du retour, Mme Brousse s'était ouvertement désespérée du niveau de piano de son fils. Elle souhaitait le faire rentrer au conservatoire mais l'enfant avait déjà échoué à deux reprises au test d'admission.

— Un bon à rien, ce gosse. Pas sportif, pas musicien, pas scolaire. Il est tellement différent d'Eddy qui excelle au foot et à l'école. On dirait qu'ils sont pas sortis du même ventre, ces deux-là !

Quand Mme Brousse avait dit ces mots, Paul avait pensé que l'amour des mères était décidément atroce.

— Je peux l'aider, moi, à préparer cette audition ! s'était-il empressé de proposer.

Et c'est ainsi que quelques minutes après, Yvan et Paul s'étaient retrouvés sous les lustres classieux de la grande maison à tourelle, face au piano familial. Yvan avait d'abord joué quelques morceaux appris à la MJC. *La Lettre à Élise*, *Le Gai Laboureur*. Paul l'avait écouté et regardé avec attention. Le gamin avait certes acquis un peu de technique, mais il était aussi du genre à colorier sans jamais dépasser, il n'habitait pas sa musique. Il était clair que jamais Yvan Brousse ne serait un grand musicien. Pourtant, devant sa mère, Paul avait largement encouragé Yvan, il avait même ennobli ses qualités musicales. Il avait voulu être gentil.

Mme Brousse avait remercié Paul et félicité son fils. Enfin témoin de la fierté maternelle, le visage du *taiseux* s'était arqué d'un large sourire que Paul ne lui avait jamais vu.

Juste avant que la sonnerie ne retentisse, Paul apprit que Joseph ne serait pas dans sa classe. Son nom n'était pas sur la liste des troisième B. Lui, il serait avec les troisième D, ceux à qui on avait imposé l'option « Tremplin ». Deux heures supplémentaires de remise à niveau en maths et en français chaque semaine. La classe des cancres, des bizarres. Des manuels.

Les heures de cours s'égrenèrent. Toujours cette date à souligner en rouge, ces fiches de renseignements débiles à remplir. Nom, prénom, profession du chef de famille.

De quelle famille parlait-on ?

On se foutait de lui.

Paul sortit son Tipp-Ex de la trousse et effaça le dernier mot.

Joseph comprit vite les règles du collège. Poisson dans l'eau, il détenait ce que Paul n'avait jamais eu et n'aurait jamais : l'intelligence sociale. Cette capacité à capter la lumière sans la voler aux autres, à prendre immédiatement la température, pour s'installer, comme ça, l'air de rien, par petites touches.

Joseph plaisait. Aux filles. Aux garçons. Aux professeurs. Quand son rire s'échappait, il coulait aussitôt dans les gorges des uns et des autres. Le drôle de garçon se foutait bien de ce que les autres pensaient et, contrairement à ce que Paul avait supposé, ces autres l'admiraient pour ça. Il représentait et il était *le* mec cool, libre et original. Sa manière d'être un peu plus garçon que lui, ses gestes, ses expressions : Paul aurait tant voulu les garder et les reproduire, même tamisés. Être ne serait-ce que son brouillon.

Il existait une forme de plénitude chez lui et Paul se disait souvent que son nouvel ami avait dû être beaucoup aimé. Dès le début, dès la première seconde où ses poumons avaient recraché l'air dans un cri. Peau à peau. Odeur de larmes joyeuses. À sa naissance, Iris avait sans doute chantonné des berceuses, massé sa chair rose, embrassé ses pleurs. Elle s'était inquiétée pour lui. Bien laver les langes, réchauffer les petits pots. Et puis donner le bain. Son petit crâne hors de l'eau, sourire aux lèvres, son regard de jeune mère planté dans le sien.

Dort-il assez ?

A-t-il suffisamment grossi ?

On dit que c'est par le sommeil et la nourriture que l'amour commence. Cette plénitude lui venait forcément de quelque part.

Paul imaginait alors que la mère de Joseph devait avoir cette beauté qu'ont toutes les jeunes mères, la grâce des femmes qui viennent de donner la vie, le sacre de celles qui prolongent la chaîne. Nourrices qui tiennent le monde, supportant fatigue et angoisse sans jamais broncher.

Saintes mères.

Blanche, elle, n'avait jamais fait partie de cette tribu de saintes, même pas comme suppléante. Depuis que la poche des eaux s'était rompue, son fils avait grandi avec le manque. Celui qui, dans le même mouvement, dénude et endurcit.

La chair d'un ventre ne suffit pas à donner naissance.

À cette époque du collège, Paul avait envie de tout raconter à Joseph. Ce temps passé à chercher son enfance, à la guetter. Lui dire ses couleurs brouillées, ses années grises et lentes. Son corps dur. La fenaison qui tarde à venir. Paul aurait voulu que Joseph sache, qu'il comprenne.

Avant sa naissance déjà. Ces parents trop occupés à ne plus s'aimer pour lui laisser quelque chose. Chagrin dilué à gros shoots de colère ou d'espoirs, parfois le grand gel. Sur les clichés pris à la maternité, lui montrer les yeux évidés au-dessus du berceau, les petites incisions déjà, ce regard que les médecins de l'époque et l'époux volage ont peu à peu laissé s'enfoncer dans la dépression post-partum. Et plus tard dans l'alcoolisme.

Lui raconter l'une de ces nuits de solitude où elle finit par le rejoindre dans son lit d'enfant. Paul a tout juste sept ans. Cette nuit-là, alors qu'il fait semblant de dormir, la mère s'allonge à côté de lui, se confie. Ce mari qu'elle surprend avec une autre quelques jours avant la naissance. L'énergie qu'elle perd, l'appétit dissout dans ses larmes. Et ce bébé prématuré, ce nourrisson tout maigre et encore un peu bleu qu'on lui pose sur la poitrine. Ce petit bout d'elle qui ne pèse rien, comme un petit bout de cendre. Et puis surtout cette sensation qui ne vient pas, qui vole à mille lieues d'elle ou qui a déjà glissé dans les recoins sombres et inaccessibles du cœur. En réalité, elle n'en sait trop rien.

— Si ton père avait été présent, s'il m'avait tenu la main, tout aurait été si différent. J'aurais été une bonne mère. Tu aurais parlé comme les autres. Mais au lieu de ça, Charles a eu des mots sordides, des mots de travers. Il serait parti avec cette pétasse si tu ne t'étais pas accroché à mon ventre.

Lui rapporter ces aveux terribles, à Joseph, ces paroles qui mordent encore l'estomac de Paul aujourd'hui. Lui dire aussi que malgré tout ça, la mère n'était pas une femme méchante. Parce que c'est la douleur qui la noyait vers ces profondeurs, parce que lorsqu'elle remontait à la surface et laissait filtrer un peu de sa lumière, il lui arrivait aussi d'aimer son fils comme il fallait. Avec tant de petites choses, de petits riens. Ses jolis doigts vernis posés comme une caresse sur son livret scolaire, sa main qui tournait et retournait la sauce de l'osso bucco à la dinde, son plat préféré, ce sourire aussi, du soleil sur les lèvres pour dire sa fierté quand Paul jouait l'*Adagio en ré mineur* dans le grand salon. Avouer à Joseph que dans ces moments-là, il aurait voulu tout pardonner. Coller son cœur de fils sur ce dénuement qui la conduisait à s'oublier dans l'alcool, à devenir une dangereuse oscillation. Car c'était là toute la beauté de Blanche : être un pont qui tangue.

Mais Paul ne dit rien à Joseph. Ne lui dira jamais.

Les trois mois qui suivirent se teintèrent d'un bonheur nouveau. Paul le portait sur le visage et c'était indécent. Quand l'adolescent rentrait à la maison après les cours, il aurait voulu le rouler sous les doigts et le garder dans ses poings serrés jusqu'au lendemain. Pour que Blanche ne le voie jamais. Ne pas lui faire ce mal-là.

Son nouvel ami était apprécié de tous et, grâce à lui, Paul se retrouva intégré dans les groupes les plus en vue. De bègue et un peu ringard, Paul Daumas devint un type mystérieux et inclassable. Étonnamment, l'amitié du drôle de garçon lui conféra, au sein du collège, une place et une dignité.

Une fille commença même à lui tourner autour. Elle s'appelait Nathalie Bouchard. Petite, blonde, de grosses lunettes à écailles, des dreadlocks et un grain de beauté d'un noir profond sur la joue droite. Une peau parfaite. Elle portait des Converse, un blouson de baseball, des robes longues en suédine qu'elle dénichait dans des friperies et, surtout, elle avait toujours l'air ailleurs, comme si elle ne voyait rien de ce qui se passait autour d'elle. Elle plaisait beaucoup à Paul. Le soir, sous les draps, il se caressait doucement en pensant à la peau rose et lisse de Nathalie.

À partir d'octobre, à la suite de la mise en place d'un nouveau projet d'établissement, les élèves de troisième eurent la possibilité de participer à un atelier de musique durant la pause méridienne. Joseph insista et Paul s'y inscrivit avec lui.

Bien sûr, pour un pianiste aussi doué que Paul, cet atelier ne se révéla pas passionnant : claves, triangles et tambourins y donnaient leur concert cacophonique et, le plus souvent, il devait se contenter de marquer la mesure avec deux bouts de métal. Mais, au fond, ça ne comptait pas. Paul avait juste envie d'être avec Joseph. Il voulait que son ami continue à terminer ses phrases comme s'il devinait tout de ses intentions. Vivre cette complicité-là, celle qui coupe le souffle.

Ce n'était pas comme avec Cécile. La petite sœur, elle se laissait guider par le flot de l'imagination fraternelle et Paul devait toujours se montrer fort, sûr de lui et de cet univers qu'il leur forgeait. En tant qu'aîné, il se devait de lui cacher des choses, de la protéger. Il y avait une forme de lourdeur dans toutes ces danses, ces chansons et jeux pourtant si enfantins que le grand frère lui inventait. Être le gardien de leur *cité des trésors*, ça ressemblait quand même beaucoup à une responsabilité.

Avec Joseph, par contre, pour la première fois, il ressentait une impression de puissance, le ferment de quelque chose de nouveau, d'excitant. Certains jours, les adolescents se retrouvaient en salle de permanence et dès que les pions relâchaient leur surveillance, ils faisaient des parties de morpion, des rosaces au compas ou de la sculpture sur gomme à l'aide de leurs ciseaux. Il leur arrivait aussi de comparer leurs collections de billes de cartouches et de customiser leurs affaires au marqueur ou au Tipp-Ex. Un soir d'étude, sur la poche avant de son sac US, Paul fut fier d'inscrire le mot *Anarchy*.

Après les cours, chez le boulanger, les deux garçons faisaient régulièrement des réserves de Tubble gum au goût tutti-frutti et aussi de Pipas, ces graines de tournesol dont ils recrachaient la peau en se donnant des airs de cow-boy. Parfois, quand Paul avait vingt francs en poche, il invitait Joseph au cinéma. Ces mercredis-là, ils se cotisaient pour acheter un paquet de Michoko ou de Chocoletti et n'attendaient alors qu'une chose : que l'ouvreuse leur tende son panier appétissant et surtout ses très gros seins.

En décembre, pour Noël, Yaïr fit parvenir une jolie somme d'argent à son fils et, après de longues négociations, Iris accepta finalement que celle-ci lui permette de s'acheter une mobylette. Le soir, avant de rentrer dîner, Paul et Joseph commencèrent à traînailler sur une petite route derrière le stade, à la périphérie de la ville. Sur la 103 trafiquée, ils piquaient des pointes jusqu'à 70 kilomètres à l'heure. Paul n'avait ni casque ni protection et son torse collé à l'anorak de Joseph, l'air chuintait à l'intérieur de ses poumons. Mâchoires serrées, le froid le long des cuisses, genoux arqués et tremblants, le garçon se sentait vivre.

13 janvier 1984

Un vendredi après les cours, tous deux serrés sur la 103, Paul et Joseph se rendirent au café. Le Gambetta était le bistrot le plus proche du collège et de nombreux troisièmes s'y donnaient rendez-vous pour faire un baby-foot ou boire un Monaco. Depuis plusieurs semaines, cet endroit était un peu devenu leur quartier général. Paul ne consommait encore que des Coca ou des diabolos mais il s'était mis à fumer. Il noircissait ses bronches avec des Winston, les mêmes cigarettes que Blanche.

Dans le café, un brouillard d'excitation ondoyait entre les tables et Paul repéra tout de suite Isabelle Barouin, l'une de ses amies, assise avec la fille aux dreadlocks. Elles étaient assises au fond de la salle, hilares. Paul salua Isabelle et se posa en face d'elle, sur la banquette molle, juste à côté de la belle Nathalie. Tout près l'un de l'autre, leurs pulls se touchaient presque. La jeune fille lui sourit.

— Ça me fait plaisir de te voir, Paul.

Le garçon aurait voulu avoir la bonne répartie, dire quelque chose d'intelligent, de viril, mais au lieu de ça et parce qu'il ne trouva rien de mieux à faire, il commanda sa première bière.

— Une pression s'il vous plaît.

Paul vit tout de suite à ses yeux plissés que Joseph s'en étonnait. Pourtant celui-ci ne lui fit aucune remarque et même, il trinqua.

Première goulée. Fraîche. Râpeuse. Mais la rugosité céda vite la place à une légèreté puis à une chaleur dans la poitrine. Après tout, Paul se fichait bien de boire cette bière et il se fichait bien de la mère et de ses problèmes d'alcool. Pour l'instant, il voulait juste un peu desserrer les dents, laisser les petites bulles douces et amères déferler dans sa trachée, s'ouvrir un chemin de liberté. Être un jeune comme les autres. Juste ça. Refaire des mondes qui se ressemblent en buvant des coups et en fumant des clopes, à plusieurs, debout sur le bord d'un trottoir. Doigts glacés et cœur chaud.

La serveuse déposa une troisième bière sur le sous-bock Grimbergen en carton mouillé. Ça faisait déjà vingt bonnes minutes que Joseph était parti faire un tour avec Isabelle. Paul n'était pas surpris. Le soir, en rentrant du collège, Joseph et lui s'amusaient à noter les filles de troisième qui leur plaisaient. De 1 à 10 points. Cumulables d'une semaine sur l'autre. Depuis quelques jours, avec ses 26 points, Joseph avait hissé Isabelle Barouin sur la plus haute marche de son podium.

Assis avec Nathalie Bouchard sur cette banquette de fond de bar, le garçon se trouvait dans un flottement. Il la regardait. Son profil fin, ce grain de beauté si noir et presque noble sur sa joue claire. Sa blondeur. Paul avait envie de blottir son visage dans le feutre de sa peau, fouiller ses tresses un peu rêches. Seulement, il n'osait pas. Serrant le manque de courage dans ses poings, il regrettait déjà ce moment qu'il rêvait conquérant et qui ne l'était pas.

Il se contentait de l'écouter.

Quand Nathalie ne fredonnait pas des airs de reggae, elle se racontait. Ses goûts musicaux, son envie de quitter ce trou, de vivre en Jamaïque. Elle parlait beaucoup, trop peut-être, mais tout ce qui comptait pour Paul, c'est que lorsqu'elle le faisait, elle s'adressait à lui et à lui seul. Ce soir-là, au Gambetta, les mots de Nathalie Bouchard lui donnaient de l'importance.

19 heures. Les grands rires, les bras ouverts, la fumée avaient disparu du bistrot.

Isabelle était partie plus tôt pour préparer sa fête et Nathalie avait décidé de repasser chez elle pour se changer. Paul se retrouva bientôt seul avec Joseph à marcher dans le soir humide. Ils étaient un peu en avance mais aucun d'eux n'avait envie de retourner chez lui avant la soirée.

Ça faisait déjà un moment que Joseph ne voyait plus sa mère avec les mêmes yeux, il la traitait même quelquefois de folle ou de junkie. Depuis que son fils unique allait au collège, Iris s'ennuyait dans son mobile-home et elle dilapidait son temps à fumer des pétards sur le banc des vieux, face au terrain de boules du camping. Du matin au soir, des traits rouges dans les orbites pour ronger le temps qui passe.

Les marchés, leurs parfums de bohème, sa vie d'avant : tout lui manquait. Et recevoir le mois précédent sa carte d'invalidité n'avait rien arrangé. Joseph l'avait surprise une fois en train de sangloter, serrée contre une de ses peluches de petit garçon.

— J'crois même qu'elle est un peu jalouse de toi, Paul, de c'qu'on vit tous les deux, lui avait-il confié.

À l'époque, Joseph répétait souvent à Paul qu'ils avaient tous les deux des mères qui n'en étaient pas, des gamines plutôt. Il disait aussi, l'air convaincu, que c'était à eux maintenant de se comporter en adultes. En hommes. Mais Paul, contrairement à Joseph, n'en avait pas envie. L'adolescent ne voulait rien de leur monde.

Devant le pavillon élégant des parents d'Isabelle, des groupes s'étaient formés. Eddy Brousse et Richard Vialatte partageaient une roulée à côté du garage. D'autres stagnaient là, avachis sur quelques marches. La musique s'échappait d'entre les portes-fenêtres qui s'ouvraient et se refermaient au gré des entrées et des sorties d'adolescents déjà éméchés. Certains parlaient fort. Paul salua quelques filles de la troisième B qui tiraient vaguement sur un joint puis, une fois à l'intérieur, il tomba nez à nez avec Isabelle. Moulée dans une robe en jean très courte, les yeux clos, le sourire étourdi, elle dansait de manière presque tribale. Ses membres se déployaient par petites rafales, comme ceux d'un robot de science-fiction. Elle était très séduisante. Joseph ne dit rien mais Paul pouvait lire le désir dans ses yeux.

Au fil des minutes, la musique s'intensifia. De temps à autre, les parents d'Isabelle descendaient au rez-de-chaussée pour voir si les invités de leur fille ne manquaient de rien. Ils se faisaient les plus discrets possible, ne voulant pas gêner les ados qui piétinaient leur moquette et écrasaient des mégots dans le pot de leur yucca. Paul se dit qu'Isabelle avait beaucoup de chance. Jamais ses parents ne lui auraient offert une telle soirée. D'ailleurs, ils n'y auraient même pas pensé.

Que savaient-ils de leur fils, de ses envies ?

Pas grand-chose.

Paul se souvint. Il est encore un gosse. Sept ou huit ans peut-être. Assis à la table familiale, il essaie de raconter à ses parents comment le braque allemand de la vieille Charreton s'est retrouvé sur leur pelouse tandis qu'il jouait dehors. Le trou creusé sous leur grillage. Ses grosses pattes sur lui. Comment le chien a manqué de le faire tomber et comment le petit garçon a été courageux. Paul veut leur dire qu'il n'a pas crié, qu'il a même réussi à le caresser. La chaleur sous le poil rêche, la queue qui bat ses genoux. La langue molle et rose sur ses joues. Et par-dessus tout, son rêve d'adopter un chien comme lui.

Cependant, au lieu de ça, comme trop souvent encore, les mots se heurtent. Carambolage de syllabes sous le palais. Alors le jeune Paul fait comme l'orthophoniste le lui a conseillé et son regard se cheville à un point invisible. Mais ils sont là, tous les trois autour de lui, à le regarder avec cet air supérieur et affligé. Le menton baissé de Cécile. Le silence qui coud les lèvres de Charles. Et surtout, à travers son sourire qui tremblote, la peine de Blanche. Elle a ce rictus qui tente de lui dire sans le convaincre ce n'est pas si grave, Charles, ça va s'arranger. Ce bègue, c'est ton fils, et tu dois l'aimer.

Se rappelant ce sourire gêné de la mère lorsqu'il avait huit ans, Paul songea tristement à son enfance et à toutes ses histoires qu'il gardait en lui et qui finissaient toujours, tôt ou tard, par s'effacer. Tous ces mots qui n'étaient pour personne.

À cette pensée, l'adolescent plongea son gobelet en plastique dans le saladier à punch tendu par Joseph. D'une traite, il l'avala.

Sur la piste, Nathalie se déhanchait sur du Kim Wilde. Paupières irisées et cils recourbés, jean taille haute, jambières, brassière en coton bleu électrique dont l'échancrure lui dessinait des seins magnifiques : de loin, on aurait pu croire qu'elle avait dix-sept ou dix-huit ans. Paul commença à bander.

Il s'avança vers elle et lui offrit timidement sa joue. Sans délai, l'adolescente l'entraîna au milieu du salon, avec ceux qui dansaient. On changea de disque. *No Woman, No Cry*. Nathalie décocha un petit cri de joie. Son bassin plaqué contre les hanches de Paul, ils se mirent à tournoyer lentement.

Le nez dans son cou, l'adolescent respirait son parfum de petite pluie chaude ; il sentait aussi la peau tendue dans son caleçon, jusqu'à la dernière fibre. Une seconde, il pensa à la Jennifer de cette série américaine qu'il regardait encore cet été avec Cécile. Cela lui semblait si loin déjà. Ces six derniers mois, Paul avait tant changé, tant grandi.

La chanson achevée, Nathalie l'attira dehors. Dans ce jardin de lotissement cossu, un petit groupe de jeunes étendus sur le gazon s'amusait à frapper des téquilas sur le plateau d'un Mille Bornes. Paul se joignit à eux. Coup sur coup, il avala deux shots. Adossée au mur crépi, Nathalie décollait une à une ses tresses de poupée et le regardait boire en souriant. Quand elle faisait ça, elle était très excitante.

Lorsque Paul revint près d'elle, la jeune fille s'était assise en tailleur sur les pavés de la terrasse. Elle venait de commencer à se rouler un joint. Sur le sol traînaient encore quelques filtres et un paquet d'OCB. Une fois son cône parfaitement tassé, léché et refermé, elle en torsada l'extrémité, l'alluma et, sans un mot, ses yeux rivés à ceux de Paul, le porta à ses lèvres pour en tirer quelques lattes. Ses gestes étaient comme ralentis. Suaves. Un genre de fausse candeur, de décontraction artificielle et résolue.

Ses yeux ne se détachaient pas du garçon.

Et puis, sans prévenir, elle prit une longue bouffée qu'elle retint. Dix ou peut-être quinze secondes. Juste après, penchée sur l'adolescent, à quelques centimètres de son visage, elle se mit à recracher doucement la fumée. Petite nuée blanche et chaude, soufflée dans le creux de sa bouche.

Son ventre en ébullition. Son sexe brûlant. Paul aurait voulu aspirer les lèvres de Nathalie en même temps que la fumée. Impossible pourtant. Ses lèvres à lui, ses lèvres gisantes, stupides, glacées de peur, s'étaient déjà refermées. Paul était, une fois de plus, dans un désir qui s'apprête mais n'ose pas.

Tout était foutu. Avec lui, c'était toujours la même histoire.

Qu'est-ce qu'il fichait ? Est-ce que quelqu'un savait ?

Depuis plusieurs minutes, Paul cherchait Joseph. Il avait besoin de lui mais l'ami n'était nulle part. Ni sur la piste de danse. Ni dans le jardin où, dans tous les coins, des ombres fumaient, riaient grassement ou se pelotaient sous des sweats larges.

Isabelle finit par lui apprendre que Joseph venait de faire un malaise. Rien de grave, trop de punch sans doute. Il se reposait à présent dans la chambre de la jeune fille.

Paul fut inquiet soudain.

Il gravit les escaliers en titubant. Il était clair qu'il avait trop bu, ses jambes ne le portaient plus.

Lorsqu'il pénétra dans la chambre d'Isabelle, Joseph lui demanda de ne pas allumer.

— La lumière me file mal au crâne, lui dit-il dans un râle.

Joseph était quand même content que Paul vienne le voir, il n'allait pas tarder à rentrer chez lui. Mais avant, il voulait que son ami lui raconte.

— Comment c'était avec Nat ? Et ce baiser ?

Paul haussa les épaules et s'allongea sur le lit, tout près de lui. L'alcool lui tournait la tête et puis ça semblait plus facile de parler comme ça, sans le voir, de dire tu sais, Joseph, j'ai jamais embrassé une fille, j'ai la trouille.

Mais Joseph était un gars gentil, il se montrait toujours rassurant avec Paul. Il lui promit que les choses viendraient naturellement, que ses lèvres trouveraient celles de cette fille et que leurs langues se mêleraient. Rien de bien compliqué au fond. Il ne fallait surtout pas se créer des nœuds au cerveau. Et d'ailleurs, s'il était d'accord, Joseph voulait bien lui montrer comment faire.

Interdit, Paul ne répondit pas. Il ne savait pas quoi répondre. Joseph le chambrait, forcément qu'il le chambrait. Comment pouvait-il en être autrement ? Il faudrait être sacrément tordu.

La tête de Paul roula doucement de gauche à droite, s'enfonça un peu plus dans l'oreiller. En position d'attente, dans le noir et le cœur serré, le garçon se mit à guetter le moindre bruit, la moindre secousse. Le moindre indice.

Et Paul n'eut plus qu'à se laisser glisser. Ou bien hurler.

Il doit être dans les 2 heures du matin et tout va très vite.

La langue de Joseph lèche les commissures de sa bouche. Salives brouillées, souffles courts. Le précieux danger est là. Palpable. Terrible et sublime en même temps.

Paul voudrait ferrer le moment, s'enliser et mourir sous ses lèvres. Torse contre torse. Son corps tout entier qui s'inscrit dans le sien, cette matière qui s'additionne et le rend plus beau.

Il fait noir mais il y a leurs râles pour se trouver.

Ils se caressent au travers des vêtements et bientôt les doigts de Joseph pétrissent son dos et ses fesses. Paul touche sa peau, fait rouler ses muscles sous les paumes. Ça tourne dans sa tête. Il est sur le point de perdre conscience.

C'est fort. Si fort.

Ce désir.

Il bat ses joues, sa peau, son sexe. Se dilue partout, le dilue. Le déborde.

Au fond, Joseph avait raison. C'est tellement simple. L'amour était partout et Paul ne l'avait pas vu.

Le bruit de l'interrupteur siffle l'assaut.

Il y a d'abord la lumière et puis les cris des autres. Leurs rires de chacals. Les sexes et les langues se rétractant dans la même seconde, les corps suspendus. Le liquide qui devient solide. Et soudain, Richard Vialatte qui se met à gueuler leurs noms.

— Paul Daumas et Joseph Kahn sont des pédés.

— Des sales pédés.

— Des petites putes.

Les mots se répètent, se ramifient, deviennent un cancer se propageant à travers la dizaine de bouches postées dans l'entrebâillement de la porte. Des bouches turgescentes qui violacent d'insultes.

Il est tard. L'alcool et la défonce exacerbent tout. Même Isabelle et Nathalie font partie de la meute qui s'acharne. Ils sont tous dans les gradins d'une arène. Au spectacle.

Ça s'appelle la haine.

Les deux garçons n'osent plus bouger. Dents et genoux qui claquent. Et c'est la première fois que Paul voit Joseph ployer.

Cette nuit-là, ils dépècent son cœur de héros.

Sans un regard pour Joseph, Paul se dresse, bondit hors du lit et se fraie, tant bien que mal, un passage vers la sortie. Ne penser qu'à une chose : partir, faire comme il a toujours fait avec le père. S'effacer. Ravaler l'impact et se taire.

Une fois dehors, pendant qu'il laisse l'air revenir dans ses poumons, Paul attend Joseph. Caché derrière un abribus, encore imprégné de cette nouveauté dans le corps, il guette son retour. Lui dire c'est fini, viens, on s'en va. Mais Joseph ne le rejoint pas. Lui, au moment où Paul reprend haleine dans la rue, il les affronte, il reste dans le brasier. Au bout de quelques longues minutes, Paul décide de rentrer chez lui.

Le lendemain, un, deux puis trois appels. Paul a besoin d'entendre sa voix rauque mais Joseph ne décroche pas, il fait le mort. Il lui en veut sans doute de s'être enfui. Mais pourquoi ne pas l'avoir suivi ? Pourquoi être resté avec eux ?

Paul se repasse la scène en boucle. Leurs yeux tournés vers eux comme des armes à bout portant, les insultes qu'ils beuglent. Paul se demande aussi si tout ça lui a plu. Peut-être n'était-ce pour Joseph qu'un moment d'égarement. Ou pire. Un regret.

Ce samedi-là, la bouche de Paul est filandreuse d'un dégoût et d'une angoisse que rien ne peut contenir. Même la mère veut savoir si tout va bien.

— Tu as l'air malade, lui dit-elle.

Pourtant, dans le revers du dégoût et de l'angoisse, il y a encore en lui cette sensation de chaleur. Ce désir qui, au fil des heures, parvient toujours à filtrer.

Samedi. Dimanche.

Paul est pareil à un automate. Il aide la mère à étendre une lessive, achève ses devoirs, répète son piano, observe le père qui commente tout seul la rediffusion d'un match de première division. Pour s'occuper, il regarde régulièrement par la fenêtre de sa chambre. Dehors la vie continue, les nuages trempent leurs plis dans un ciel léger et l'adolescent pense à tout ce qu'il n'a pas été, là-bas, dans la chambre d'Isabelle. Il aurait tant voulu leur tenir tête, exiger d'eux qu'ils les laissent tranquilles. Après tout, on est en 1984 et on a bien le droit de faire ce qu'on veut avec qui on veut. Mais en vérité, Paul se trouve encore aux confins de la honte. Honte de sa bouche sur celle de Joseph, honte de sa propre main restée coincée sous la ceinture de son jean.

Paul n'avait jamais aimé les garçons et il ne comprenait pas l'élan qui le propulsait vers Joseph Kahn. Lui, il voulait juste embrasser Nathalie Bouchard, dire les mots que les jeunes de son âge disent tous, ne pas détonner, que ses molécules se mélangent à leurs molécules. Les dilater dans leur norme.

Il avait toujours regardé les filles, leurs jupes qui tournent et leurs sourires qui fleurissent au printemps. Leurs seins pointus et leurs parfums sucrés. La géométrie floue de leurs corps. En cinquième, il chérissait les yeux de poupée d'Anne-Gaëlle Letellier et en quatrième, il ne pensait qu'aux cheveux mangés par le soleil de Valérie Poitevin. Quand il arrivait à l'une d'elles de le frôler, tout son corps se tendait. Le ventre mué en un lit de pierres dures. Son sexe empesé de leur beauté.

Or, en un instant, chez Isabelle, sur ce lit de fille, Joseph Kahn avait tout déréglé. Paul était pourtant un garçon comme tous les autres, un garçon qui cherchait, qui avait envie de l'amour. Jennifer Hart, le café avec la mousse, la croisière. Et le reste.

Et ce vendredi 13 janvier 1984, alors qu'il l'attendait depuis si longtemps, l'amour lui était tombé dessus. Mais pas comme il l'imaginait.

Pas du tout.

À présent, Paul n'avait plus qu'à contempler la dépouille de son existence et de ses certitudes passées.

Encore aujourd'hui, quand il ferme les yeux, Paul se rappelle parfaitement ce dimanche soir, celui du 15 janvier 1984. Ses sensations. Les Clash, leur révolte dans ses tympans. Le malaise dans le thorax. La taie de coton humide, son petit fumet rance sous les larmes.

Et aussi cette envie déjà.

Ce besoin de retrouver le noir de cette chambre de fille. La musique assourdie du rez-de-chaussée. La bouche de Joseph.

Ce premier baiser.

Et le pire, c'est qu'à l'époque, il ne pouvait en parler à personne. Même pas à Cécile. Elle n'aurait rien compris. Et leur mère avait bien sûr d'autres chats à fouetter. Alors, Paul s'était contenté de rester immobile sur son lit, s'enivrant longtemps de sa musique et de ses larmes, attendant un appel qui ne viendrait pas.

16 janvier 1984

Le ciel et la Manche. Voilà ce qui lui faisait face et tenait encore sa vie. Voilà ce qui, en ce lundi matin, le laissait presque croire que ce cauchemar n'avait jamais existé. Seulement, il allait bien falloir passer le portail du bahut. Mettre un pied devant l'autre, avancer tout droit, faire semblant de ne pas les voir, de ne pas les entendre. Aucune route secondaire possible.

À une centaine de mètres du collège, Paul demeura un moment debout et immobile sous la pluie fine. Comme un animal.

Puis il finit par franchir les grilles et trouva les élèves agglutinés par petits groupes sous le préau qui discutaient sans lui prêter attention. Nulle trace pour le moment de Richard et de sa bande. Joseph n'était pas encore arrivé mais Isabelle se trouvait déjà assise, toute seule, sur les marches qui menaient au réfectoire. Paul saisit tout son courage pour la rejoindre.

D'emblée, la jolie brune fit comme si tout était normal.

— Tout ça ne changera rien pour moi, c'est sûr.

— Tu parles de quoi exactement ? interrogea Paul.

Sans répondre à la question, Isabelle se contenta de sortir un petit poudrier métallique en forme de cœur, se mirant dedans quelques instants.

— J'avoue, il me plaisait bien, ton Joseph. Mais un mec qui aime les mecs… On peut pas lutter. J'ai quand même essayé de l'appeler ce week-end, je voulais prendre des nouvelles. J'étais inquiète pour lui.

— Et tu l'as eu ? Qu'est-ce qu'il t'a dit ?

— J'ai appelé deux fois de suite mais j'ai fait chou blanc. Hier soir, finalement, sa mère a décroché mais elle a grogné un truc du genre qu'il voulait pas me parler.

— Rien de plus ?

— Non. Que dalle. Décidément, il assume rien, ton pote. Il fallait le voir quand t'es parti de la soirée, il niait tout en bloc ! Tu l'aurais soi-disant forcé. C'est moche, soupira-t-elle.

La sonnerie retentit. Paul ne la crut pas.

Les premières heures de cours s'écoulèrent lentement mais Paul ne perçut rien d'anormal. Même Richard et les jumeaux semblaient l'ignorer.

À la pause de 10 heures, Joseph n'était toujours pas revenu. Un de ses camarades de classe informa Paul qu'il avait été noté absent pour toute la semaine.

À l'heure du déjeuner, lorsqu'il se retrouva avec son plateau de cantine, Paul repéra son groupe de gars de la troisième D au fond du réfectoire. Habituellement, Joseph et Paul mangeaient avec eux, mais cette fois, ils ne lui avaient pas gardé de siège. Lorsque Paul pivota son regard dans leur direction, ils tournèrent la tête.

Des boulettes de papier. Envoyées à l'aide de Bic transparents transformés en sarbacanes. Pendant les cours. Dès que les professeurs avaient le dos tourné.

Erreur de la nature.

Va te pendre.

Petite pute.

Bègue et pédé, ça fait beaucoup, non ?

Garage à bites.

Tantouze.

Vous êtes deux gros enculés.

Ton vieux, il devait avoir la bite malade quand il t'a fait.

En maths, ces saloperies d'Eddy, d'Yvan et de Richard étaient assis derrière Paul et ils lui flanquaient des coups de règle sur les épaules, le piquaient entre les omoplates avec leur équerre ou la pointe de leur compas.

Et puis il y eut ce jour où tout le monde se mit à ricaner quand la professeure de français évoqua, dans sa leçon sur les poètes du XIXe, les relations amoureuses entre Rimbaud et Verlaine.

— Nous aussi, m'dame, on a un pédé dans la classe mais j'sais pas si c'est un grand poète ! se moqua Richard.

— Ça suffit, taisez-vous ! s'insurgea mollement Mme Ferriel, adulte n'exigeant pas d'excuses, ne demandant rien d'autre que le silence.

Dans la cour de récréation aussi, les moqueries fusaient. À tour de rôle, les uns et les autres lui filaient des claques. D'autres fois, ils faisaient un cercle autour de lui et jouaient à trouver les insultes les plus drôles et les plus percutantes. Un genre de concours d'éloquence barbare qui leur servait d'exutoire. Ils se démenaient, rivalisaient d'imagination. Les surveillants ne bougeaient pas le petit doigt, certains gloussaient même. Ils le surnommaient la star. Ou la mascotte.

Richard endossait le rôle du meneur et tout ce qu'il disait se trouvait immédiatement repris et amplifié par la meute. Mais pas seulement. Grâce à son humour et à son assurance, il avait aussi les adultes du collège dans la poche. C'était un boute-en-train, le genre de garçon un peu perturbateur mais attachant. Lorsqu'il lui arrivait de dépasser les bornes et qu'il se retrouvait dans le bureau du principal – que tout le monde ici surnommait *la Hulotte* eu égard à ses yeux ronds de hibou et son tout petit nez renfrogné en forme de bec –, Richard Vialatte en ressortait, au pire des cas, avec une tape de la Hulotte sur l'épaule, le sourire saillant et une aura supplémentaire.

La violence n'avait pas de limite, pas de frein. Elle semblait infinie. Tant dans sa puissance que dans sa durée.

Une fois, en permanence, profitant d'une absence momentanée du pion, Richard et Eddy dessinèrent la tête de Paul sur un corps de femme, sur un corps de chien puis de taureau. Le lendemain, il y eut même un concours. Le grand gagnant fut Sébastien Favre. Il avait greffé le visage de Paul sur une sorte de Hulk pénétré par une canette de bière. Durant plusieurs longues minutes, « l'œuvre » de Sébastien fut affichée dans le hall du collège, sur le panneau dédié aux délégués de classe.

C'était un déchaînement, un acharnement, du noir dégueulé de leurs petites tronches de rats, un jeu de massacre. En quelques jours, Paul apprit ce qu'est la cruauté. Celle qui dissout lentement l'être et lui instille l'envie de crever.

Nuit et brouillard.

Le professeur d'histoire insista particulièrement sur la signification du titre. En allemand *Nacht und Nebel. NN.* Celui dont on ignore le nom, dont on efface jusqu'au nom.

Il expliqua aux élèves que parmi ces damnés voués à la destruction, on trouvait des Juifs mais aussi des prisonniers politiques, des objecteurs de conscience, des Russes, des Bohémiens. Des homosexuels. Tous étant considérés par les nazis comme participant d'une sous-humanité.

Durant la projection, Paul fut bouleversé par les ténèbres du néant concentrationnaire, par cet univers clos jonché de pauvres êtres exténués et impuissants, par leur mort lente. Dans la pénombre de la salle de classe, il devinait les yeux rougis de ses camarades, la sidération dans les souffles retenus, imaginait que cette violence inouïe les ferait regretter, que, sans aucun doute, elle leur donnait à respirer l'odeur de leur culpabilité, pénétrant enfin leurs âmes flageolantes. Tout au long du visionnage, l'adolescent s'en persuada. Peut-être même qu'à la sortie du cours, ses camarades viendraient lui demander pardon. Paul sentait déjà l'apaisement croître sous les ongles.

Mais, quand la cloche sonna, personne ne vint le trouver. Il n'y eut ni repentir ni rien du tout. Les collégiens reprirent leurs conversations et passèrent devant leur camarade sans le voir. Près de la porte de la salle 102, Paul aperçut même Richard Vialatte et Sébastien Favre qui se gaussaient. Et puis, au détour du couloir, il y eut cette phrase, scandée juste derrière son dos.

— On a bien fait de griller les bites des tarlouzes comme Daumas au four crématoire.

Joseph n'était pas revenu au collège et, depuis deux semaines, personne n'avait de ses nouvelles. Paul l'avait pourtant appelé à plusieurs reprises, mais à chaque appel, les sonneries s'étaient succédé dans le vide ou bien il était tombé sur la voix grondante et sarcastique de sa mère.

— Joseph est souffrant.

— Joseph n'est pas ici.

— Mon fils refuse de te parler, Paul. Laisse-le tranquille.

Alors Paul l'avait attendu des heures. Sur la plage des coteaux ou dans le petit square de son camping. Le garçon avait traîné son cœur lourd partout où les deux amis se donnaient rendez-vous auparavant. Mais Joseph n'était pas venu.

Et dorénavant, Paul était seul. Sans remède ni asile, déambulant sur une terre dont la rondeur n'était plus que théorique. Il n'en ressentait que les angles durs et les pointes acérées.

Sa robe prune en velours élimé, ses cheveux noirâtres bien trop longs, son dos tordu. Lorsqu'il la croisa, Iris sortait du mobile-home pour se rendre au local poubelles.

Paul n'était pas le bienvenu, qu'est-ce qu'il croyait ? Elle l'avait prévenu qu'il ne fallait pas venir ici. Elle savait tout, Joseph lui avait tout raconté.

— Tout quoi ? lui demanda Paul.

Iris ne répondit pas, ajouta seulement que c'était une mauvaise idée, cette inscription au collège, dans ce coin où les gens étaient bêtes à manger du foin. D'ailleurs, elle s'était déjà mise en quête d'une solution pour que Joseph quitte l'établissement, pour qu'il change d'attitude, de fréquentations. Elle avait des relations. Qu'est-ce qu'il s'imaginait, le petit bourge ? De toute façon, cette ville, c'était un repaire à cons. En plus, le mobile-home était pourri, le radiateur de la chambre marchait un jour sur deux. Et puis qu'il se mette bien ça dans le crâne, ça servait à rien d'être là.

— Joseph veut qu'on lui foute la paix. Faut qu'j'te l'dise en quelle langue, mon p'tit père ?

Mais Paul, il s'en fichait de son mauvais chauffage, de ses relations et de ses états d'âme, à Iris Kahn. Ce qu'il voulait, c'était retrouver son ami, enfin savoir ce qu'il éprouvait, ce qu'il envisageait. Au fond de son ventre, il y avait ce quelque chose de leur histoire qui ne pouvait pas mourir.

Alors, Paul insista, revendiqua. Goût de fer dans la bouche, il s'emporta. Vraiment, il fallait qu'il le voie, qu'il lui parle. Il devait rentrer dans le mobile-home. Il devait savoir si la peau de Joseph le bouleversait encore ou si c'était juste l'alcool, le noir de la chambre, le désir de Nathalie. Tout ça mélangé. Mais sans doute ivre de son pouvoir retrouvé, le regard d'Iris semblait dénier jusqu'à l'existence de Paul. Et puis elle avait ce ton. Celui du mépris, ce contentement hostile de la mère qui vient de reprendre l'ascendant sur son môme.

Seulement, Paul résista. Et même, il se rapprocha encore, si près d'elle qu'il finit par s'accrocher à son bras maigre. La mère de Joseph recula et leurs deux bouches se firent face. La peur louvoya, hésita. Iris plia en premier. Paul la vit distinctement s'incruster dans ses yeux de camée.

— Bon, ok. Entre. T'as un quart d'heure.

Le cœur de Paul se mit à battre à toute vitesse dans ses mains.

Joseph était assis sur un fauteuil de misère dans un salon de misère.

Paul réalisa qu'il n'avait jamais touché cette intimité-là. Celle des meubles, des bibelots, des odeurs de sa maison. Le papier peint décollé le long des plinthes, le tapis marocain recouvrant un linoléum usé, le plafond écaillé et les moisissures : tout ici puait le sale et la fatigue. Même la lumière qui transpirait à travers les rideaux avait quelque chose de dégueulasse.

Paul eut honte subitement. Honte pour Joseph, honte de sa jalousie passée. Honte de pénétrer dans ce lieu qui ressemblait si peu à son ami. La mère affirmait que les objets en disent beaucoup sur les gens, mais là, ça ne collait pas avec Joseph. Ça ne pouvait pas. D'un coup, les épaules de l'adolescent commencèrent à tressaillir, petites fourmis vibrionnant sous le derme. Il ne pouvait plus broder. Une part de lui aurait voulu que cet endroit n'ait jamais existé.

Joseph se leva. Sans un mot.

S'approchant de Paul, il lui tendit son paquet de cigarettes et les deux garçons se mirent à fumer. Ils disposaient d'un peu de répit. De la fenêtre, Paul pouvait voir qu'Iris avait déposé son hystérie sur un banc du square.

Une fois les cigarettes consumées, il y eut comme un blanc et Paul rejoignit le canapé. Au même moment, Joseph se racla la gorge et la mécanique que Paul craignait se mit en branle. Sur son visage et sur ses mots, Joseph ajusta le masque.

Il regrettait ce qui s'était passé.

— On doit en rester là. Il est urgent de grandir, Paul. Faut arrêter les conneries. T'as tes exams de piano, ton avenir de grand musicien. Moi j'vais bientôt rejoindre les Compagnons, réaliser mon rêve de partir sur les routes. On va pas tout gâcher.

Phrase après phrase, sa voix devenue terne pâlit les bons moments passés, se muant en un épais manteau recouvrant le rose de la peau, faisant d'eux et de leur complicité une histoire comme toutes les autres. À la fois minuscule et absurde.

Joseph finit par se taire. Il écrasa son mégot dans un cendrier posé sur le rebord de la fenêtre et s'installa sur l'autre extrémité du canapé. Sa tête légèrement tournée vers lui, Paul pouvait observer son profil. Ses mâchoires serrées, son nez légèrement en trompette, les taches de rousseur qui parsemaient encore ses joues et surtout cette nouvelle petite cicatrice près de l'oreille droite. Cette entaille ravissante qu'en cette seconde, Paul eut envie de lécher.

Que lui arrivait-il ?

Avait-il perdu la tête ?

Oui, c'est ça, la mère avait raison, il devait être malade. Malade mental.

À cette curieuse pensée, Paul se mit à songer à sa propre mort ; ça avait quelque chose d'apaisant. Seulement, avant le néant et la délivrance, juste à côté de lui, il y avait ce corps tiède et vivant. Il y avait la peau de Joseph et il y avait l'envie de cette peau. Paul aurait voulu y mettre le feu, à cette envie. S'arracher les ongles, la bouche, le sexe. S'assommer, s'anéantir. Mais c'était impossible.

Assez, maintenant. Il était temps.

Temps de risquer le secret gardé au chaud, pleuré à l'intérieur. Les faire gicler, ces quelques phrases, ces mots de désir qui vrillaient sa tête.

C'était ça ou bien crever.

Tant pis. Paul décida qu'il crèverait après.

Lorsque Paul eut terminé de parler, Joseph ne dit rien. Pas un mot. Ni même un son. Sa seule réaction consista à se rapprocher de lui. Déplier la main gauche qu'il tenait serrée depuis son arrivée, la poser sur sa cuisse. Et ce fut comme si le drôle de garçon lui touchait les os, comme si sa chaleur les liquéfiait. Une étrange fragrance s'infusa. Une odeur de peur, peut-être. Puis très vite, la douce impression que le monde entier devenait lisible. Cette joie aussi, celle qui tinte dans le cœur, qu'on garde en soi et qui s'éternise comme la beauté d'une note encore résonnante dans le silence d'après. En cet instant précis, sous la lumière putréfiée de cet endroit ignoble, Paul comprit qu'il aimait ce garçon. Il l'aimait de cet amour qui donne la fièvre, met le ventre en boule et fait mourir.

Sur la table du salon, entre deux ou trois paquets de gâteaux aux graines et des livres sur le tantrisme, de nombreux vinyles étaient amoncelés. Joseph glissa l'un d'eux dans une pochette. Il y griffonna quelque chose au dos et la lui tendit.

C'était *Here Comes the Sun*, l'album de reprises enregistré par Nina Simone en 1971. L'album de leur été. Paul savait que Joseph y tenait beaucoup.

Il y découvrit une adresse. À Toronto.

Joseph dit qu'il n'avait pas le choix, il devait partir là-bas. Quelque temps.

À Paul, Joseph raconta le soir de l'anniversaire d'Isabelle, quand il était rentré chez lui, quand il avait ressenti le besoin de tout révéler à Iris. Son désir pour un garçon. Le lynchage qui avait suivi. Bien sûr, Joseph imaginait que celle-ci le prendrait dans ses bras, le rassurerait. Une mère avec laquelle on fume des pétards sur les bancs d'un camping est capable d'entendre ce genre de choses. Enfin, c'est ce qu'il croyait.

Cependant rien ne s'était passé comme prévu. Au lieu de le consoler, Iris s'était empressée d'appeler son ex-mari et, caché derrière la porte du salon, Joseph avait entendu des bribes de leur conversation. Leur fils avait déconné, il fallait le recadrer, c'était juste une phase, une lubie d'ado, un genre de rébellion transitoire. Il y avait eu des phrases qui ressemblaient à ça.

Joseph ne comprenait pas. Comment comprendre ? Un soir par semaine, sa mère recevait un couple de lesbiennes d'un village voisin. Elles faisaient du yoga ensemble. Souvent, après le cours, les deux femmes venaient pour boire une tisane, pressées l'une contre l'autre dans le vieux canapé.

— Ne sont-elles pas adorables ? chantait alors Iris.

Pourtant quand il s'était agi de son propre fils, la mère de Joseph ne s'était pas révélée aussi bienveillante. Et depuis, dans le regard d'Iris, Joseph se sentait comme une plaie. Une ecchymose qu'on a tendance à oublier mais qui fait mal quand on la touche.

— J'aimerais beaucoup que tu m'écrives, Paul. Je sais que tu écris bien, que tes mots seront beaux.

Joseph dit aussi qu'il mettrait tout en œuvre pour revenir aux Cormières. Le plus tôt possible. Il lui demanda de tenir et Paul le lui promit.

Soudain, le cliquetis du rideau de perles se fit entendre dans la minuscule entrée : la parenthèse était terminée. Par l'unique porte-fenêtre du mobile-home, Paul rallia le dehors froid et humide du camping et s'enfonça dans la nuit, une tristesse infinie grelottant sous ses pas.

Ce soir-là, dans l'alcôve de sa chambre à coucher, sur sa platine, Paul se passa plusieurs fois le 33 tours de Nina Simone. Et la voix de la diva noire monta de l'intérieur. Pour la première fois, il la sentit qui montait du ventre.

Un vendredi midi, Richard et les jumeaux le coincent dans les toilettes. Carrelage froid sous la joue, odeur de vieille sueur et d'urine. Des baffes derrière le crâne. Des insultes.

— Pédale.

— Tapette.

— Enculé.

— Tafiole.

Paul se protège tant bien que mal et finit par se rouler en boule contre le mur sale des pissotières. Penser à autre chose, surtout. L'océan. Un ferry peut-être. Les nuages qui s'écartent, la rive qui rétrécit. S'échapper. Mais bientôt, les trois adolescents qui le malmènent deviennent dix adolescents. Le visage caché entre les bras, Paul entend juste leurs râles. L'animalité. Le pouvoir. Le sentiment d'impunité, l'exaltation sadique. Et le ferry s'efface pour de bon. Bouche qui ne sait plus crier, jambes qui ne savent plus fuir. Dans ses cheveux et dans sa nuque, un liquide chaud qui se met à couler. L'un d'eux est en train de lui pisser dessus. Oui, c'est bien ça, ils lui pissent dessus. Ils hurlent de rire aussi.

— T'aimes ça, hein. Bouffon.

Paul pense à la peau de lait trop bouilli que Charles l'obligeait à avaler quand il était petit et qui le dégoûtait.

Il vomit.

La meute de collégiens le traite de porc et le laisse là, couché dans leurs sécrétions et dans leur haine.

La jeunesse peut être une guerre silencieuse, un champ de bataille où des enfants d'à peine quinze ans sont capables de tuer à bout portant leurs camarades. Et cela, sous les yeux des adultes qui sont censés les protéger.

Cécile savait.

Une voisine avec laquelle la petite sœur allait à la MJC du quartier était en sixième à La Fontaine et elle s'était moquée de Paul devant elle et deux autres danseuses. À partir de ce jour, Cécile avait compris que son frère aîné était devenu la tête de Turc du collège. Paul, lui, avait saisi que même les plus jeunes de son bahut le méprisaient.

Lors des dîners avec la mère, la petite sœur cherchait le regard de Paul, le suppliant ainsi de lui parler, de demander de l'aide. Mais Paul faisait mine d'aller bien, de prendre tout ça à la rigolade. Ses yeux disaient je ne veux pas que tu t'inquiètes, Cécile. Du haut de tes neuf ans, tu as déjà tant à faire avec les parents.

Depuis Noël, la mère avait re-cessé de boire. La thérapie semblait fonctionner et elle participait aux réunions des Alcooliques Anonymes deux fois par semaine. Le père, lui, rentrait toujours tard et continuait de rapporter avec lui le parfum des autres femmes.

Il la voyait, la mère. Fatiguée, désaccordée. Le trou dans la poitrine, les mots ravalés. Tentant d'ignorer ce qu'elle appelait devant ses enfants « les réunions de Charles », faisant mine de ne pas remarquer la place béante dans le lit conjugal. Et il y avait aussi tous les feuilletons sirupeux dont elle s'abreuvait du matin au soir. Les paquets de menthol qu'elle achetait à présent par cartouches, au PMU du quartier.

C'était un lent éboulis.

Mais l'ignorance n'est jamais une protection suffisante. Aussi, de temps à autre et sans raison particulière, la voilà qui piquait une crise de nerfs, balançait des objets à la tête du père, menaçait de fuir. Cependant, le plus souvent, quelques minutes après, à travers la cloison fine de sa chambre, Paul les entendait. Ils faisaient l'amour comme on sauve les meubles.

2 février 1984

Il était une fois une fin d'après-midi, après les cours.

Richard, Yvan, Eddy et un autre connard dont Paul a depuis oublié le nom le suivirent jusqu'à chez lui. Quelques dizaines de mètres avant la maison, comme souvent, ils finirent par l'attraper. Mais ce coup-ci, ils avaient une nouvelle idée en tête.

Le zip de la fermeture éclair.

Leurs mains sous la doublure pour avoir plus de prise sur le cuir.

Paul les entendait déglutir, s'appliquer dans leur ouvrage.

De grandes lézardes. Du bas vers le haut. De la pointe de leurs couteaux suisses et de leurs compas, ils entaillaient le cuir neuf de son blouson. Un aviateur noir, offert par ses parents, trois jours auparavant. Pour ses quinze ans.

Et ce fut comme s'ils frottaient une chair à vif, arrachaient une à une les écailles d'un poisson vivant. De minuscules mouchettes transparentes se mirent peu à peu à voltiger devant ses yeux jusqu'à former un épais nuage.

Paul ne voyait plus rien, il était sous le choc.

Ce n'étaient pas les insultes.

Ni le blouson.

Non.

Paul était sidéré car aucun d'eux ne tremblait.

Les quatre garçons se trouvaient là, à une distance ridicule de ses parents et de ses voisins, dans un recoin de sa propre rue, la lumière oscillait entre chien et loup, on pouvait facilement les voir ou les entendre et pourtant, ils n'avaient pas peur. Ils se sentaient autorisés à exposer leurs canines de prédateurs et le feu dans leurs ventres. Ils savaient déjà que le pédé ne crierait pas, qu'il ne chercherait pas secours. Et même, ils se délectaient de son mutisme.

Ils le tenaient.

Leur faim, c'est tout ce qui comptait.

Peu après, quand ils le laissèrent, son corps rétracté contre le local à poubelles, le jeune Paul défit ce qu'il restait de son blouson et le jeta dans les ordures. Une fois rentré à la maison, il raconta à la mère qu'il l'avait égaré.

— Quoi ? Tu sais jamais garder les belles choses, faut toujours que tu perdes ou que t'abîmes.

Paul fut privé de sortie pendant dix jours.

Cette nuit-là, l'adolescent mouilla son lit. Il devait être dans les 3 heures et tout le monde dormait. À pas feutrés, il gagna la buanderie pour faire tourner les draps dans la machine. Programme court. Sitôt propres, les draps furent précipités dans le sèche-linge. Il resta là, collé contre le mur, le corps tremblant d'être découvert, la respiration coupée. Après avoir refait son lit, il ne se rendormit pas.

Le lendemain matin, quand Blanche lui demanda s'il avait passé une bonne nuit, le fils fit comme d'habitude. Il lui sourit.

C'était un mercredi matin et il pleuvait à verse. Pour la première fois, face au portail de La Fontaine, Paul avait osé faire demi-tour, resquiller un peu de calme et de repos. Baisser la garde.

Dans le petit parc situé près de chez lui, il avait enseveli son long corps sous le toit minuscule d'une cabane pour gosses. Longtemps, ses oreilles sanglées à la musique de Brahms, volume à fond, il avait fixé le ciel qui se craquelait peu à peu de nuages compacts et sombres. L'humidité froide perçait sa cage thoracique, son diaphragme faisait comme un creux. Et puis les piles de son walkman s'étaient déchargées et Brahms avait disparu. Paul avait enroulé ses bras autour de ses genoux. Il s'était mis à pleurer.

C'était un signe. Un signe de plus.

Forcément.

Ce matin-là, Paul l'avait pressenti : il ne serait jamais un grand pianiste. La meute avait raison. Même si ce matin, Richard et sa bande n'étaient pas là pour le lui dire, leur haleine empestait, elle collait à sa peau et à ses pensées. Personne n'avait besoin d'être dans ce parc pour le dénigrer, Paul le faisait très bien tout seul désormais. Autonome, tenace, intraitable, le dégoût de sa propre personne se fondait en lui un peu plus chaque jour.

Et il était temps de tenir la vérité en joue, d'ouvrir les yeux. Un imposteur, un putain d'imposteur. Presque une fraude. Voilà ce qu'il était. La meute avait tout aspiré, tout saboté. Le suc de la confiance, l'envie et la joie de s'exposer. Paul s'était tari. Ses longs doigts refusant de s'y glisser, le refuge des notes se muait en piège. Des crises d'angoisse le malmenaient dorénavant avant chaque audition.

L'adolescent ne voulait plus qu'on le regarde. Ni même qu'on le voie. Imaginer les rires méchants, les moqueries, les sarcasmes : ce n'était plus possible. Il ne saurait plus faire. Cette manière de se tenir le dos bien droit face au public, à la fin du morceau, rétine contre rétine, poitrine bombée d'ambition, de succès à venir, de gloire. Se dire qu'un jour on jouera à Prague ou à Londres. La scène, la chaleur, la nervosité. Les gens debout qui acclament le soliste. Paul avait renoncé à tout ça. À la musique, à cette émotion. Ce matin-là, sous le toit minuscule, Paul avait renoncé à lui-même.

À midi, lorsqu'il était rentré à la maison, la mère l'avait envoyé dans sa chambre. Le collège l'avait prévenue. Blanche était très, très déçue par le comportement de son fils. Il allait bien falloir qu'un jour, il arrête de faire son intéressant. Elle ne dirait rien à Charles. Pour cette fois-ci. Mais Paul n'avait pas intérêt à recommencer.

Il avait oublié de fermer à clef la porte de la salle de douche.

Tentant de masquer son corps sous ses bras amaigris, il se tenait là, mouillé, nu comme un ver, face à elle. Les bleus et les griffures, le sang flétri, les croûtes. La faiblesse et la douleur dans les hématomes. De ses petits yeux bruns, Blanche scrutait les marques sur sa jeune peau, les jaugeait. Les soupesait.

Elle ne dit rien, ne fit aucun geste de stupéfaction. Se contentant de reposer le panier à linge qu'elle tenait encore et d'envelopper son enfant dans l'une des serviettes éponge qui pendait à la patère de la porte, elle commença simplement à le bercer. Longtemps. Tout contre elle. Joues mordues à l'intérieur, torses qui ricochent l'un contre l'autre, l'un avec l'autre. Un corps de presque homme dans des bras de presque mère.

Enfin, d'une voix très calme, sa peau sur la peau de Blanche, Paul se mit à lui raconter sa vie de sentinelle. Les jours à traverser leurs crachats, semblables à des potences, à chercher l'air aux pourtours de la peur, guetter la moindre menace, traquer l'ennemi et le fuir. Elle, elle dit qu'elle regrettait tant de n'avoir pas su regarder ses petits grandir, occupée qu'elle était à attendre Charles, ses yeux collés sous des œillères d'alcool. Laissant filer le temps. Comme si on pouvait s'offrir une vie à blanc avant la vraie.

Et voilà qu'elle n'avait même rien perçu, rien entendu du calvaire de son propre fils… Oui, vraiment, elle n'avait rien compris.

Elle lâcha :

— Je sais que ça excuse rien. Mais voilà, j'aime trop ton père. C'est pas normal d'aimer comme ça quelqu'un qui ne m'aime plus assez. Il n'y a pas de plus grande erreur que celle-là. Cette discordance. Ne fais pas la même bêtise que moi, Paul. Choisis une fille qui t'aimera vraiment. C'est tout ce qui compte.

Ce jour-là, dans la salle d'eau, Paul ne lui dit pas pourquoi les autres l'avaient battu. Et la mère ne le lui demanda pas.

Paul réfléchira longtemps à l'absence de cette question, à son ambiguïté. Manque de courage, peur des sables mouvants, sidération ? Il n'a jamais tout dénoué. La mère a passé sa vie à faire semblant. La bouche, les oreilles et les yeux bandés, comme ces trois petits singes en bois sculpté posés sur le guéridon de l'entrée.

Le lendemain, il accompagna la mère dans le bureau du principal. Celle-ci tenta d'expliquer à son visage sec et à ses yeux de hibou que son fils avait été violenté. À plusieurs reprises. Par certains camarades de classe.

— Ce n'est pas normal, monsieur le principal. Mon fils n'est pas un punching-ball.

Lèvres serrées, mains repliées sur son sac à main, voix ferme, Paul la trouva courageuse. Durant cet entretien, il l'aima profondément.

Une heure après, la Hulotte, sa pipe, son sous-pull orange en Thermolactyl et ses auréoles sous les aisselles pénétrèrent dans sa classe.

— Un élève de troisième B a été victime de violences de la part de ses camarades et c'est inadmissible. J'exige que cela ne se reproduise plus.

Paul aurait aimé que la Hulotte cherche à en savoir plus, qu'il demande aux coupables de se dénoncer et de s'excuser, mais il ne le fit pas. Son intervention dura à peine deux minutes.

Juste avant, dans son grand bureau nimbé d'une odeur d'Amsterdamer, le principal avait dit à Blanche que ça arrivait souvent aux collégiens, ce genre de chahuts.

Il ne fallait pas qu'elle s'inquiète, ça faisait partie de l'apprentissage de la vie en société.

Tous les hommes savent ça.

Lui-même avait été bizuté lorsqu'il était interne.

Quoi de plus normal ?

Il n'en était pas mort.

Ce sont des choses habituelles entre garçons.

Il s'était ensuite adressé à Paul en lui enjoignant de se défendre davantage. Celui-ci était certes un excellent élève mais, d'après les enseignants, il se montrait aussi trop souvent mou et inhibé.

— Il faut vous réveiller, mon garçon, sinon la vie ne vous fera pas de cadeau.

Le jour même, les insultes redoublèrent. Pendant le cours d'anglais, Richard et sa petite bande le traitèrent de balance, et au moment où Paul entra dans le réfectoire pour déjeuner, ils furent au moins une dizaine à tourner leurs figures hideuses vers lui et à faire semblant de l'égorger.

À la sortie, ils réussirent une fois de plus à l'attraper et à le coller contre un mur. Derrière le local des deux-roues, ils s'y mirent à quatre pour lui planter un stylo dans le cul.

— Oh, oui ! C'est bon. Han. Han…

— Vas-y, ma caille, continue…

— Encore, Joseph, encore ! Encore !

Sourcils, visage, mâchoire, cou : tout se crispa. Dans sa poitrine, la respiration de Paul se morcela tant et si fort que les mots croupirent un long moment au bout de ses lèvres. Tout son corps semblait crier sans voix. Sa peau le démangeait, le brûlait jusque dans les jointures de ses doigts.

Et puis tout à coup, les mots jaillirent, ou plutôt des syllabes, se frottant l'une à l'autre, comme dans une boucle, combat ridicule et perdu d'avance. Aussi confus et erratique que le babillage d'un enfant de trois ans. Paul s'enfuit en courant, le cœur dur.

Quand il rentra chez lui, un mot sur le frigo l'attendait. La mère s'était absentée pour faire quelques courses. Avant de rejoindre l'asile de sa chambre, il commença par trier la pile de courrier amassée sur le guéridon de l'entrée.

Il n'y avait rien.

Aucune réponse de Joseph à ses trois premières lettres.

Paul s'allongea sur le canapé. Juste dormir. N'être rien d'autre que la peau, les os, le souffle.

Mais très vite, les appels téléphoniques se succédèrent. Las, il se résolut à décrocher le combiné. Des voix efféminées et bégayantes éructèrent ce qui s'apparentait à des cris de singe.

Il raccrocha.

Dixième appel. Paul débrancha l'appareil et finit par gagner la cuisine. Il souleva lentement le rideau de la porte-fenêtre qui donnait vers la rue. C'est là qu'il les vit. Richard et trois autres garçons de la classe, serrés dans la cabine téléphonique d'en face. Se tordant de rire.

Aux alentours de 19 heures, Paul entendit le roulis de la porte du garage. Le père rentrait plus tôt du travail. Le garçon se demanda si la mère l'avait mis au courant de leur entrevue avec la Hulotte.

Vers 20 heures, ils se retrouvèrent à manger tous les quatre. Cela faisait longtemps. Habituellement, Charles arrivait après le dîner et s'affalait devant les actualités en avalant un plateau-repas préparé par sa femme ou par ses enfants. Rarement un merci, encore moins un mot gentil, le père se contentait le plus souvent de demander si Cécile et Paul avaient eu des notes, si leur journée s'était bien déroulée. Et il n'attendait pas leurs réponses.

Pendant le repas, l'atmosphère était lourde. Pour s'apaiser, Paul tentait de se concentrer sur des choses anodines. Les fines gouttelettes estropiées par le vent du soir se mourant peu à peu sur la baie vitrée, la mie de son pain pétrie et roulée en petites boules sous ses doigts, le bruit des pneus sur l'asphalte humide. Son visage endurci semblant incapable de frémir, le père continuait de se taire. Que savait-il ? Que lui avait dit la mère ? Que pensait-il ? Allait-il écouter son fils et l'aider ? Avait-il deviné pour Joseph ? Les questions cognaient dans son crâne sans faire de pause. Paul était en suspens.

Entrée, plat, dessert. Rien ne se passa. Rien. La famille eut juste droit au chien de la vieille Charreton qui n'arrêtait pas de gueuler et que Charles allait finir par buter, à la véranda qu'il ferait construire cet été. Pas un mot sur le rendez-vous de la mère avec le principal.

La pluie avait fini par cesser et on distinguait dorénavant des cris d'enfants qui s'amusaient dans la rue. Instantanément, Paul les revit. Joseph et lui. L'été dernier, sur le bitume, en train de sauter à l'élastique avec Cécile. Prenant la présence de la petite sœur pour prétexte, Joseph et Paul aimaient encore jouer aux gosses. En cette époque pas si lointaine, les deux garçons se trouvaient sur une ligne flottante. Naïve. Entre deux mondes. Plus vraiment des enfants mais, malgré leurs voix et leurs désirs qui muaient, pas tout à fait des adolescents. Le début ou la fin de quelque chose.

Paul aurait tant aimé rallumer cette douceur de l'été et rejoindre les rêves qu'il faisait les yeux écarquillés. Quand il n'était pas encore ce souffre-douleur tuméfié de honte.

Pendant que la mère préparait le déca du soir, ses enfants débarrassaient la table. Le frère et la sœur n'osaient pas faire de bruit, faisant attention de ne pas heurter les assiettes, rangeant délicatement les couverts dans le lave-vaisselle.

Il plut de nouveau.

Charles saisit son magazine de chasse et tira un à un sur ses doigts pour les faire craquer. Paul regarda ses mains, leur peau de vieil homme, crevassée, gercée, des mains qui contrastaient avec son beau visage lisse et conquérant. Le père souffrait d'eczéma. Parfois, quand il revenait du travail, il saignait. La mère disait que c'était psychosomatique. Depuis quelques semaines, Paul aussi avait ce genre de lésions, de fines vésicules sur les doigts ainsi que des plaques rouges et rugueuses sur le ventre et sur le dos qu'il grattait jusqu'au derme.

Et puis il y eut un bref moment d'hésitation. Charles toussota, fit jouer ses phalanges sur le formica, racla le mur du bout de son chausson, repositionna son corps sur la chaise. Paul sentit quelque chose venir.

Mais les lèvres du père ne remuèrent pas, aucune phrase ne se forma.

Charles quitta la cuisine et alla s'asseoir sur le canapé du salon. Une minute plus tard, des vrombissements de moteur saturèrent la pièce. Des Formule 1 tournaient autour d'un circuit.

Adossée contre le frigidaire, Blanche fixa son fils de ses petits yeux épuisés. Paul en était sûr alors, elle calculait ses mots, les faisait tourner dans sa bouche, les ramassait un par un pour les lui infliger à grand-peine.

— Papa sait pour les coups. Je lui ai parlé. C'est un père, tu sais, il est sûr que tu vas t'endurcir. Bientôt tu n'y penseras plus. Et puis ils vont bien finir par te laisser tranquille. Il faut te comporter en homme, Paul. Montrer ta force. Te défendre.

Elle fit deux pas, lui tourna le dos, attrapa la vaisselle propre pour la sécher et la ranger dans les placards.

— Après tout, il a sans doute raison, Charles. Ça passera. Oui, ça passera. Tu dois faire un effort, être patient. De toute façon, dans la vie, mon fils : on n'a rien sans rien.

La nuit qui suivit, Paul eut beaucoup de mal à s'endormir. Cela lui arrivait de plus en plus souvent ; c'était comme si ses journées ne lui semblaient jamais complètes, comme si elles ne pouvaient pas finir, comme si quelque chose allait enfin arriver. Mais rien n'arrivait. Paul vivait sa vie d'élève, de grand frère, de fils et de souffre-douleur, mais au fond, il sentait bien qu'il ne vivait plus vraiment. Il se contentait de regarder pousser la poussière.

Le lendemain matin, lorsque le réveil sonna, la taie de son oreiller se trouvait une fois de plus parsemée de cheveux. Il en perdait par petites touffes depuis plusieurs semaines ; parfois, il suffisait que l'adolescent glisse la main dans sa chevelure pour en attraper entre ses doigts. Blanche s'en était aperçue et elle lui avait acheté un shampoing spécial chez le pharmacien. Elle l'obligeait également à prendre des comprimés d'aubépine.

— Ça te fera du bien.

Elle ne se doutait pas.

Quand il quitta sa chambre ce matin-là, Paul se trouvait seul à la maison. Charles était au cabinet,

Blanche à sa visite annuelle chez l'ophtalmologiste et Cécile en répétition pour son spectacle de danse à la MJC du quartier. Cette année, elle avait choisi de présenter *Summer Nights*. Ce choix avait touché Paul. Il avait saisi que la petite sœur voulait lui faire plaisir. Sa chair creuse sous les clavicules, sa figure pâlotte, ses cheveux affinés, comme fanés : la petite sœur n'était pas dupe. Elle s'inquiétait pour lui.

La veille, dans sa chambre, Paul avait fait répéter les pas à Cécile ; il connaissait encore la chorégraphie par cœur. La petite sœur adorait voir et revoir *Grease* avec lui. Et puis aussi *Saturday Night Fever*. Quand, pour la quinzième fois au moins, ils avaient regardé ce film ensemble, elle avait dit qu'il ressemblait à Barry Miller. Quelques mois auparavant, Nathalie Bouchard aussi lui avait parlé de cette ressemblance. Paul avait été flatté. Mais après l'anniversaire d'Isabelle, elle ne lui avait plus jamais adressé la parole. Paul se demandait parfois ce qui se serait passé entre eux si la catastrophe avait été évitée.

Il y avait déjà plusieurs semaines que le couvercle en acajou brillant du Bechstein restait clos. Depuis dix jours, Paul n'était pas allé voir René, il avait séché les cours du conservatoire. Prétextant une douleur à la main consécutive à une blessure en cours de sport, l'adolescent portait un bandage factice.

La veille, la mère avait fini par prendre rendez-vous pour une radio.

— Il ne faut pas laisser traîner ce genre de blessures.

Blanche ignorait alors qu'une semaine plus tard, à quelques heures de l'examen radiologique, son fils aîné coincerait sa main droite dans l'embrasure de leur porte blindée. Délibérément.

12 mai 1984

Ce samedi après-midi, Blanche, Paul et Cécile étaient revenus à pied du centre-ville. La mère avait acheté de nouvelles Converse à Paul, un peu de presse chez le buraliste, puis ils étaient allés chiner quelques vieux 33 tours de rock américain chez le disquaire. Depuis l'épisode de la salle de douche, Blanche essayait de passer plus de temps avec ses enfants, de partager des choses, de créer des souvenirs. Comme il faisait beau, avant de rentrer à la maison, ils s'étaient arrêtés au parc afin de grignoter les sablés qu'elle avait cuisinés pour eux le matin même.

Le soleil de 16 heures s'étirait sur la pelouse qui longeait l'aire de jeu et, par intermittence, les frondaisons d'un grand cèdre laissaient transparaître les éclats du ciel. L'air se teintait de vert et de jaune. On pouvait respirer le parfum des fleurs naissantes mais aussi l'odeur mêlant aux frimas de la mer toute proche l'urine aigre et tenace des chiens plus ou moins tenus en laisse. Tout au bout de l'allée, un jeune homme lisait sur le gazon. Le dos musculeux, les épaules larges et galbées, la nuque ombrée, il était assis en tailleur, moulé dans un maillot blanc. Depuis de longues minutes, Paul ne pouvait s'empêcher de fixer cette silhouette si familière, déjà secoué par un espoir qui lui tranchait le ventre. Mais le lecteur en blanc finit par tourner son visage vers lui. Et bien sûr, hélas, ce n'était pas Joseph.

Après avoir jeté à la poubelle le papier qui emballait les biscuits, ils se serrèrent ensuite tous les trois sur un banc pour lire leurs nouveaux magazines. Face à eux, un groupe d'enfants grimpait les barres métalliques d'une cage à poule et s'écorchait les genoux en traînant sur le gravier râpeux.

La mère geignit :

— Pauvres petits ! Ce n'était pas comme ça avant, c'était plus amusant. Les gosses n'étaient pas parqués dans des jardins publics exigus et clôturés. Avant, ils avaient la rue, les champs, les forêts !

Mais, Blanche le concédait, il fallait bien vivre avec son temps. Une enfance sécuritaire et rassurante, une fausse liberté. Comme une fragrance déjà éventée.

— Mais les temps ont changé et on vous élève dans un monde de coton. On vous ment… C'est n'importe quoi !

Paul ne dit rien, mais il savait que la mère se trompait. Ce nouveau monde que leur proposaient les adultes ne se révélait pas aussi protecteur qu'elle le prétendait.

Sur le chemin du retour, des jeunes attroupés aux terrasses buvaient des bières ou des sodas et parlaient fort. Paul colla ses écouteurs à ses oreilles. Le plus urgent : mettre en sourdine les pleins et les déliés de leurs conversations légères.

Un peu plus loin, adossé au mur flapi d'un abribus, un couple d'adolescents s'embrassait goulûment. En arrivant à leur hauteur, une fois de plus, Blanche soupira. Le manque de pudeur, les jeunes d'aujourd'hui, la décadence. Quelque chose dans ce goût-là.

Sorti de ses songes par la voix et les gestes maternels, Paul redressa la tête et reconnut Richard Vialatte, sa figure plongée sous les tresses blondes de Nathalie Bouchard.

Dans la lumière morte de cette fin d'après-midi, le cœur de Paul se retourna.

Allongé sur son lit, le garçon expirait et inspirait. Fort. Longtemps. En élargissant ses poumons puis en les rétractant d'un coup, il tentait d'extirper les mauvaises pensées, d'oublier ce grand trou dans l'estomac, cette douleur qui crochetait sa voix et bousculait ses pauvres mots.

Avant, pourtant, ils sortaient libres et simples. Fluides, rarement hésitants : avec les années, Paul était même devenu fier d'eux. Mais après le départ de Joseph et la venue de la meute, ils s'étaient mis à faire n'importe quoi, ses mots. Calme-toi. Parle moins vite. Prends ton temps. Concentre-toi sur ta phrase, Paul. Pioche dans tes mots d'appui. L'adolescent avait beau appliquer les conseils de l'orthophoniste, respirer, utiliser sa réserve de synonymes, rien n'y faisait. Comment un bègue comme lui aurait-il pu répondre aux insultes lancées comme des mitrailles par Richard et sa bande toute-puissante ? Quand on n'a plus les mots, on ne possède plus rien. On est un incapable. Parasite inutile et ridicule dont le monde a, au mieux, pitié.

Alors la nuit, dans ses rêves, le garçon laissait déborder sa colère. Il faisait craquer leurs os et leurs cartilages de hyènes sous ses poings. Ceux de Richard, Eddy, Yvan et de tous les autres. Et même de Nathalie. Lorsque Paul la croisait dans la cour ou les couloirs du collège, elle le toisait et son mépris le transperçait. Dans le regard de l'adolescente, Paul se sentait comme une pierre mal taillée, à peine un morceau de gravats.

Seul son vieux copain Pierre-Henri ne lui avait pas tourné le dos. Normal. Lui aussi, les autres le trouvaient bizarre. Lui aussi, il se tenait la tête basse et les épaules rentrées quand il marchait. En réalité, Paul ne voulait pas tellement de son amitié. Elle le mettait encore plus dans le mauvais camp et au fond, ce que le garçon désirait vraiment, c'était rallier l'autre. Faire partie de leur bande de salauds, qu'ils lui fassent une place, même toute petite. Paul les haïssait tous et, en même temps, il rêvait de se fondre en eux comme un sucre sous le palais. Paul se dégoûtait.

22 mai 1984

Cette fois-ci, Richard et les jumeaux l'attendaient près de la MJC. Avec Nathalie. C'est elle qui avait dû leur dire que chaque mardi soir, Paul venait y chercher la petite sœur pour l'aider à porter ses affaires de danse et son cartable.

À peine s'était-il approché de la porte qu'ils l'avaient coincé là, derrière le bâtiment, sur ce bout de bitume poussif où les mauvaises herbes s'étiraient entre les cailloux et les détritus. Plaqué contre le grillage, l'adolescent allait payer. Il était temps pour lui de comprendre.

Ce fut Eddy qui ouvrit le bal.

— Répète après moi, sale tantouze. Je suis une fiotte, je suis une fiotte, je suis une fiotte…

Mais bien sûr, Paul bégaya. L'angoisse le faisait toujours bégayer.

Ils se marrèrent.

Richard sortit un Opinel.

— Tant qu'tu répéteras pas cette phrase correctement, j'te lâcherai pas. Tu m'entends, sale pute ?

Paul essaya. Il tenta de se concentrer mais le couteau de Richard râpait sa joue. Il aurait dû faire comme la mère le lui avait conseillé plusieurs fois : parler, contester, dénoncer, brailler, mordre même. Il n'ignorait pas que la violence de la meute s'épanouissait dans sa propre inertie. Mais il n'y parvenait pas. Tout ce qu'il était capable de faire, c'était de serrer ses yeux pour retenir les larmes.

Quand il les rouvrit, il croisa le sourire gauche d'Yvan Brousse. De ses doigts malingres, le grand rouquin dégingandé triturait une capsule de canette. Paul se rappela aussitôt un autre sourire d'Yvan, doux et plein de gratitude, cet après-midi chez lui, devant le piano, quand il l'avait félicité devant sa mère. Celui qu'on surnommait depuis toujours *le taiseux* ne pouvait pas avoir oublié. Il ne pouvait pas. Alors pourquoi ne prenait-il pas au moins un peu sa défense ? Paul avait beau lui lancer des regards désespérés, Yvan ne réagissait pas. L'adolescent continuait à tordre et à détordre le petit bout de métal sans lui prêter attention.

— Alors, ma salope, tu veux toujours pas nous causer ?

Richard se retourna et regarda Nathalie. C'était sans doute le signal.

— Enlève tes fringues, siffla-t-il en frôlant son entrejambe avec le couteau.

Chaussures, veste, pull, pantalon. Paul s'exécuta, se retrouva bientôt en caleçon et en tee-shirt. Leur rire éclata et, comme pour mieux accompagner ces ricanements, un chien du voisinage commença à hurler à la mort. Face à leurs gorges déployées, le garçon avait un corps inachevé. Il ne sentait plus que des morceaux. De bras, de jambes. Mal collés. Fluets. En manque de chair. Trop d'espace entre les omoplates, pas assez de poids sous la peau.

Ce fut le moment que choisit Nathalie pour extirper un bâton de rouge à lèvres de sa poche et s'approcher de lui. Richard, lui, était toujours derrière, à quelques centimètres. La lame de couteau à plat sur sa jugulaire.

— Bouge pas, lui murmura-t-elle. Voilà. Là. C'est bien.

Tout en lui badigeonnant les lèvres, Nathalie continuait de tirer sur sa cigarette. La fumée bleue qui naissait sous ses narines floutait son visage et Paul ne distingua bientôt plus que le bout brûlant de cendres qui menaçait sa peau.

— Regarde comme t'es sexy, Boy George.

Nathalie fit deux pas en arrière, jeta sa clope et se mit à applaudir comme une petite garce. Au même moment, Richard replia sa lame et la rejoignit. Après s'être bruyamment raclé la gorge, il finit par agrafer ses lèvres à celles de Nathalie et pendant un long moment, leurs langues de sorcières s'agitèrent dans leurs bouches, laissant transparaître, à chaque fois qu'ils reprenaient leurs souffles, de minces filets de salive. Eddy et Yvan en profitèrent pour bazarder un à un les vêtements de Paul par-dessus le grillage.

Une fois leur étreinte dénouée, Richard et Nathalie se dirigèrent vers l'entrée de la MJC. Les deux autres les suivirent en gloussant.

Enfin seul, Paul se mit à courir. Par les raccourcis. À moitié nu. Il n'attendit pas la petite sœur, ne croisa personne à part le regard vide de la vieille Charreton qui désherbait devant chez elle. Arrivé à la maison, du couloir de l'entrée, il aperçut Blanche. De dos, assise à la table de la cuisine, face à la télévision, elle ne sembla pas l'entendre rentrer. Sans un mot, l'adolescent monta à l'étage et se mura dans le silence âpre de sa chambre.

Couché sur son lit, il sortit une photo de son portefeuille. La seule de Joseph qu'il possédait. C'était celle que Blanche avait prise, dans le grand salon, le jour des glaces à la pêche. Il y avait son sourire franc, ses yeux dorés, le grain si fin du papier glacé qu'on pouvait y voir les taches de rousseur sur ses joues. Et cette fossette qui faisait tout.

Paul pensa qu'il ne pourrait jamais rien imaginer de plus beau, que tout ce qu'il pourrait vivre de bien dans la vie se tenait déjà derrière lui. Ce devait être ça les chagrins d'amour, une envie permanente de mourir qui ne vous tue pas.

De retour chez eux, Cécile fit irruption dans la chambre de son frère.

— T'es qu'un égoïste, j'ai dû porter mes affaires toute seule ! Mon cartable qui pèse trois tonnes, mon sac de sport et les courses que maman m'avait demandé de faire à l'épicerie… J'ai le dos en compote maintenant !

Fâchée, la petite sœur n'attendit pas la réponse de Paul et claqua la porte derrière elle. Elle ne vit pas son visage enfoui sous son bras, elle ne vit pas le rouge sur ses lèvres.

Peu après, Paul s'enferma dans la salle de douche.

Du salon, Cécile lui cria qu'il ne devait pas y rester trois heures. C'est vrai, quoi, elle aussi avait bien le droit d'avoir de l'eau chaude, la mère venait de lui dire que le ballon était presque vide.

La voix de la fillette lui parut méchante. Cela faisait plusieurs semaines déjà que Paul n'autorisait plus la petite sœur à se blottir dans leur cité secrète et l'enfant nourrissait sans doute de la rancœur. Mais le garçon n'y pouvait strictement rien, il n'avait plus rien à inventer ni à offrir. Sa poésie à Paul, c'était Joseph. Et Joseph n'était plus là.

Paul se lava au savon et au gant de crin. Longuement. Minutieusement. L'eau tiédit peu à peu puis devint froide. Sous le jet glacé, se purifier, s'ankyloser.

Cécile tambourina à la porte et l'adolescent se résolut à tourner le robinet. Comme un dernier sursaut, une énergie étonnante l'enveloppa. Avec une serviette, il frotta vigoureusement sa peau rougie, fouilla ensuite le petit placard en stratifié blanc, celui des médicaments de la mère. Des somnifères, des antidépresseurs, des calmants. Il se servit. Un peu dans chaque boîte.

Il fallait en finir avec l'attente de ce qui ne viendrait pas. Cesser d'entendre les autres, de croiser leurs regards, abattre cette vie où plus rien ne sonnait juste. Être au-dessus des arbres et du monde.

22 mai 1984, toujours

Cette soirée est encore bien ancrée dans sa mémoire. On doit être au début de la nuit.

Il entend les voix. Celles des bras qui le soulèvent dans un même élan. Les bruits aussi. Ceux des petites roues ralentissant sur le gravier. Paul a froid dans tout le corps. Il y a de la poussière de glace qui remonte le long de ses veines. C'est comme un souffle. Un souffle qui boit le sang et le moud à mesure qu'il s'insinue. Il aspire et nettoie, le vide et le soulage. Bientôt, il n'y aura plus rien à l'intérieur.

Le garçon sent les bosses, la vitesse, la planche sous son dos qui, au fil des virages, balance d'un côté ou de l'autre. Dans son crâne, il y a des images et des cris. Le visage de Joseph. Celui de Cécile, de Nathalie. Ceux des parents. Ils dansent tous autour de lui. Ils dansent au son d'une sirène stridente. Et puis, la sirène se tait et ils s'éloignent. Paul appelle Joseph mais celui-ci ne se retourne pas. Il y a un dernier à-coup. La descente et l'odeur de la nuit. Il a mal aux yeux. Au-dessus de ses paupières, des lumières clignotent. Rouge et bleu qui dégoulinent et collent à ses cils.

Il est toujours là. Sur cette planche dure et froide comme de l'acier. Des tuyaux partout. Ils retiennent le dernier souffle, ils lui refusent la délivrance. Quelqu'un lui parle. Paul ne comprend pas ce qu'il dit, ses mots sont des brumes sans consistance. Des rasades de brouillard. Il tressaute, un goût de vomi dans la bouche.

— Dieu soit loué, tu ne vas pas subir de lavage d'estomac.

Ce fut la première phrase que la mère prononça à son réveil.

Paul découvrit sa peau pâle, presque translucide. Le rimmel coulé sur les joues. Les jolis ongles vernis caressant ses mains, sa bouche embrassant ses doigts puis les repliant un à un. Elle faisait ça aussi quand il était petit.

1. Ma main est une fleur, voyons si maman m'aime. 2. Elle m'aime un peu. 3. Beaucoup. 4. Passionnément. 5. À la folie. 6. Pas du tout. 7. Pas du tout ? 8. Vilaine fleur ! 9. Je sais bien que maman m'aime. 10. De tout son cœur !

Paul se rappela cette comptine et cette peur qui lui traversait le ventre quand Blanche pliait le sixième doigt et qu'arrivé au dixième, une vague de plénitude envahissait sa poitrine d'enfant. Il avait oublié ces moments. Les jeux de doigts, les histoires au moment du coucher, la voix douce de Blanche se mêlant à la sienne. Son odeur de cigarette mentholée et de sueur sucrée. Paul devait avoir quatre ou cinq ans et la mère l'aimait. Oui, elle l'aimait.

Que s'était-il passé ? Pourquoi sa mémoire n'en avait-elle pas gardé la trace jusque-là ? Est-ce que c'est ça l'adolescence, faire table rase et ne garder de l'enfance qu'une frêle écume, renier le beau pour s'autoriser à se séparer, à grandir, loin de ceux qui vous ont donné la vie, qui vous ont bordé, veillé ? Aimé ?

Il était là, lui aussi. Le père. Assis sur une chaise dans un coin de la chambre d'hôpital, près de la fenêtre d'où s'évadait un soleil bleu. Paul devina les premiers oiseaux, les bourgeons, les mouvements du ciel. Charles, lui, ne bougeait pas d'un millimètre, on aurait dit une poupée de cire. Il se contentait de fixer la pointe de ses chaussures.

— Qu'est-ce qui t'a pris ? Qu'est-ce qu'on t'a fait, bon Dieu ?

La mère le questionnait dans une sorte d'urgence.

Au début, Paul ne voulut pas répondre, pas faire de mal. Et il ne sait pas comment mais ça vint. Passer le relais. Laisser enfin ses mots claquer contre leurs joues.

C'est vrai, qu'est-ce qui lui avait pris ? Au fond, lui, il ne voulait pas mourir, il voulait juste cesser de vivre cette mort lente, chasser la rage, l'épuisement, l'enfer des brimades et les nuits sans sommeil, toutes ces heures passées sous la couette à relire les messages de haine sur les boulettes de papier qu'il ne pouvait s'empêcher de garder dans une boîte. Avoir seulement quinze ans depuis janvier mais être déjà éreinté. Cassé. Fatigué de se laisser chier dessus. Chaque jour, presque chaque heure de cours.

T'es moche. Tu pues.

Tu sers à rien. Débile.

Pédé.

Oui, il prononça le mot.

Puis il se tut.

Dans sa bouche, sa langue était désormais sèche comme du carton, l'angoisse lui remuait les tripes. Une angoisse pareille à celle de ces monstres de l'enfance qu'on guette dans le noir, bêtes imaginaires et immondes des tréfonds, bouts de bois pareils à des alligators dans les mares croupissantes des forêts.

Le père, lui, ne bougeait toujours pas.

La mère se mit à pleurer et Paul saisit son hébétude, ses certitudes clouées. Tordues à l'intérieur.

Cela ne devait pas se passer ainsi, il y avait forcément une erreur dans le script.

Forcément qu'il y en avait une.

Dans les feuilletons de Blanche, les fils aimaient les jolies filles et ne se suicidaient pas. Il n'existait que des bonheurs tièdes et successifs, des enfants qui rient, des adolescents qui se chamaillent un peu puis se réconcilient, des couples qui se disputent et se retrouvent, des ciels sans gros nuages, de savoureuses morales. Pas de brèche possible. Happy end assuré.

On était au milieu des années 80 et, dans le poste de Blanche Daumas, l'homosexualité n'avait jamais été qu'une caricature lointaine ou bien les personnages fantasques et irréels de *La Cage aux folles*. Au mieux un sujet de documentaire sur ce qui ne concernait encore que quelques dégénérés des grandes villes, souvent des artistes ou des écrivains. Pas des gens comme eux.

Seulement, une fois, Blanche avait tendu l'oreille. Dans l'écran cubique, un Mourousi à grosses lunettes expliquait que ça donnerait le cancer. Un cancer ou plutôt une sorte de peste à taches brunes importée par les drogués d'Amérique. Une maladie avec un nom bizarre en quatre lettres qu'elle avait tout de suite oublié. Devant son téléviseur, elle s'en souvenait, Blanche avait fait une petite moue d'écœurement en imaginant la chose entre deux hommes. Juste après, elle avait réglé son four sur thermostat 6 et y avait glissé une viande en marinade. Elle serait parfaitement cuite pour le dîner, avait-elle pensé, satisfaite, en repassant un à un les plis de son tablier avec ses paumes. Et puis son épisode du début d'après-midi avait commencé. Accoudée à sa table en formica, elle n'y avait plus pensé.

Mais assise auprès de Paul, dans cette chambre d'hôpital, Blanche Daumas regrettait de ne pas y avoir prêté plus attention. À présent, la mère tremblait pour son fils. Elle reniflait, hoquetait, plantait ses jolis ongles fuchsia dans son visage, formant ainsi de petites marques rouges qui trouaient peu à peu sa peau de lait, se tenait ou plutôt se contenait le ventre avec les bras. On aurait pu croire qu'il allait se déverser sur le sol. Tout son corps se pliait. Et même, se brisait.

Enfin, le père finit par se redresser et Paul le vit qui s'approchait à pas lents. Désormais debout aux côtés de sa femme, il lui releva la tête puis laissa filer ses doigts le long des bras maigres. Ses grandes mains crevassées dans celles de son épouse, une vanne s'ouvrit. Il pleura avec Blanche. Il pleura dans ses bras.

Durant cette minute précise, Paul ressentit le vertige d'une certitude : un seul mot de Charles aurait été capable de tout panser. Mais Charles ne dit rien de plus et son fils n'aurait rien de plus. Ce matin du 23 mai 1984, dans cette chambre d'hôpital, les larmes du père ne s'apparentaient pas à des gestes tendres, ni même à des regrets. Elles témoignaient, une fois de plus, de sa honte et de sa déception. Son enfant ne lui ressemblait pas, ne ressemblait à personne. Un gosse frêle et bègue, adolescent capable de baiser les lèvres d'un autre garçon mais incapable de se fondre dans le moule qu'il lui avait façonné. Un Daumas dénaturé. Une anomalie.

Après plusieurs jours, les parents de Paul furent informés de sa sortie de l'hôpital. Mais avant de passer au bureau d'accueil, ils devaient se retrouver tous les trois dans cette petite pièce rose au sein de laquelle l'adolescent avait pu mener des séances de psychothérapie avec Mme Lelièvre.

Paul l'aimait beaucoup, cette Mme Lelièvre. Elle portait des pulls jaune poussin, les dents du bonheur et de grosses mains solides et rassurantes. La psychiatre lui faisait du bien. Jamais d'empathie surjouée, juste une présence. Quelqu'un qui se faisait du souci pour lui. Avec elle, l'adolescent parvenait à décrire ce qui l'étreignait et travaillait son âme accidentée. Il vidait ses lourdes poches, redressait l'échine. Au fil des séances, il accédait même à un nouveau statut. Celui de victime.

Dans le bureau rose, seule la mère attendait. Du bout de ses lèvres peintes, elle dit que le père avait été retenu au cabinet. Une urgence. Posée sur une vilaine chaise, les jambes ramassées l'une contre l'autre, l'air abattu, Blanche Daumas ressemblait à une enfant punie.

Paul savait que la mère voyait une psy pour la première fois, il l'avait toujours entendue dire que ces gens-là ne servaient à rien. Mais elle n'avait pas eu le choix ce coup-ci. Son fils avait été contraint de suivre des séances le temps de son hospitalisation et il devrait poursuivre le travail entrepris encore de longs mois. Le médecin-chef du service le lui avait bien répété : ce n'est pas négociable, madame Daumas.

Lorsque le docteur Lelièvre entra, Paul et Blanche se levèrent. La femme au pull jaune les salua, les invita à se rasseoir et adressa un gentil sourire à l'adolescent. La psychiatre n'y alla pas par quatre chemins, elle exigea que la mère prenne rendez-vous dès le lendemain avec le principal de La Fontaine. Pour elle, Paul ne pouvait pas retourner au collège tant que ses bourreaux ne seraient pas sanctionnés. C'est ainsi qu'elle surnomma Richard et toute la bande. Des bourreaux.

— Vous savez, madame Daumas, on est en 1984. On n'est plus au Moyen Âge ! Aimer une personne de même sexe n'est pas une tare. Un jour, j'espère que la majorité des gens comme vous en prendra conscience.

Blanche garda ses yeux baissés.

On était déjà début juin et les jours avaient passé sans que le collège s'émeuve de son absence. Aucun appel des professeurs. Les parents de Paul reçurent seulement un courrier de l'administration pour régulariser la situation. La mère joignit par téléphone la secrétaire du collège et celle-ci lui assura que le principal la rappellerait très vite. Il ne la contacta que trois jours après.

Tout de suite les grands mots ! Sans doute Paul avait-il exagéré. Il s'était bien renseigné. Aucun adulte ne s'était aperçu de ces prétendues « agressions ». Son fils avait dû prendre certains comportements ou certains mots de ses camarades trop à cœur.

Et puis il l'avait bien cherché.

La Hulotte avait eu vent de ses agissements avec Joseph Kahn. Ce n'était sans doute pas simple pour lui ni pour ses parents, il le concédait. Mais lui, bien sûr, il était ouvert d'esprit, il était moderne ! Et même, il allait convoquer les élèves concernés, ils devraient se justifier et, si ce que Paul avait raconté s'avérait exact, des sanctions seraient prises.

— Et surtout, il ne faudra pas ébruiter cette histoire. Vous savez, c'est un petit collège, les gens jasent. Je dis ça pour vous et votre mari. Une réputation est si vite ternie…

Il reprit sa respiration.

— Et merci aussi de ne pas prendre contact avec les familles des collégiens que vous accusez. Ce ne serait pas dans votre intérêt. Au revoir madame Daumas. Mes amitiés à votre époux.

La Hulotte avait raccroché.

Durant de longues secondes, Blanche avait serré le combiné dans ses deux mains et le bruit de la tonalité avait résonné à travers le haut-parleur. Puis elle avait posé le téléphone sur son socle et grimacé un sourire qui se voulait rassurant.

Mais la vérité était déjà palpable. À aucun moment, son enfant n'avait été considéré comme une victime. Il était même plutôt une gêne. La mère et le fils l'avaient tous les deux compris : l'institution scolaire ne serait pas là pour écouter Paul ni l'accompagner. Elle ne serait pas dans son camp. Les visages clos des surveillants, les mots sauveurs qui jamais n'avaient effleuré leurs lèvres, l'aveuglement des professeurs, la tête basse de Paul, son désir de transparence et peu à peu l'enfouissement : tout cela avait été nié, mis sous le tapis.

Le chef d'établissement avait laissé ses agents faillir à leur mission de protection et il n'avait émis aucun regret. Tout au long de l'entretien téléphonique, sa voix monocorde lui avait semblé recouverte d'une pellicule de glace.

Les jours d'après, Blanche ne cessa de balayer, épousseter, récurer. Sans relâche. Paul la regardait tenter de meurtrir cette sensation de honte et d'injustice mêlées, de la noyer par le mouvement. Reculer son envie de boire aussi.

Un soir, elle décida de tailler ses roses grimpantes au sécateur et, en une dizaine de minutes, l'air impassible, elle ôta le calice de chacune d'elles. On aurait pu croire qu'elle les décapitait une à une et bientôt, le mur de corolles roses disparut au profit d'un magma verdâtre de tiges et d'épines. Sans rien dire, son fils l'épiait par la fenêtre de la cuisine. Tout ce qu'il était capable de faire alors, c'était d'étreindre dans sa main cette photo de son sourire, le sourire de Joseph Kahn, dans le grand salon, un après-midi de canicule.

Depuis son retour de l'hôpital, Paul ne pensait qu'à lui, au drôle de garçon, à ces fugacités qui l'avaient rempli. Elles l'aidaient à ressusciter ce qui de lui restait encore un peu vivant. Le souvenir de leur histoire ne le brisait plus ; ce qui le brisait encore, c'est tout ce qui restait à inventer, tout ce neuf que Joseph et lui auraient pu encore fabriquer. Il n'était plus qu'une attente.

Une semaine après cet appel avec la Hulotte, Charles et Blanche furent convoqués au collège. Cette fois, ils s'y rendirent tous les deux.

Cet entretien se déroula un vendredi en fin d'après-midi et, durant leur absence, Paul ne parvint à rien entreprendre. Il avait promis de faire les devoirs que Pierre-Henri avait collectés pour lui mais c'était au-dessus de ses forces. Il y avait une lourdeur du corps, les cahiers et les livres brûlaient ses yeux. Il n'y arrivait pas. Tout ce qui le ramenait à La Fontaine lui faisait un mal de chien, le sang boxait ses tempes.

Il finit par écouter un peu de musique et par danser lentement, tout seul au milieu du salon. Peu à peu, il s'apaisa. *Boys Don't Cry*.

Bientôt, le bruit d'un moteur se fit entendre dans le garage. Lorsque Blanche rentra dans le couloir, ses enfants étaient avachis dans le canapé avec chacun une BD. Paul s'en souvient très précisément. *Thorgal* pour lui et un vieux *Boule et Bill* pour la petite sœur. Posée dans l'entrebâillement de la porte, la mère les avait observés quelques instants. Ses yeux brillaient, quelques traînées noirâtres striaient ses joues. Elle paraissait toute petite et une fois de plus, on aurait dit une enfant. Sans un mot, elle leur tourna le dos et passa directement à la salle de bains pour se changer et enfiler son impeccable tablier plissé.

Peu après, Paul perçut des bruits de vaisselle dans la cuisine et le silence tout autour. Un silence inhabituel. D'ordinaire, quand Blanche préparait le repas, le bruit de la télé remplissait tout l'espace. C'était sa manière à elle d'absorber les vides, de ne pas les entendre. Il faut croire que ce soir-là, la mère avait accepté de laisser s'exprimer le tumulte.

Au repas, les parents se diluèrent d'abord en conversations anodines puis, au moment du dessert, le père cracha enfin la réalité des choses : toute la classe de troisième B avait témoigné en faveur du fils Vialatte et de ses acolytes. Par peur, par faiblesse, par méchanceté sans doute. Mais le principal les avait crus, tout le monde les avait crus. On les avait même plaints. Richard Vialatte avait seulement reconnu s'être moqué de Paul, une fois, durant le cours de français de Mme Ferriel, mais selon lui, « il l'avait pas volé ». Richard, Eddy et les autres avaient finalement écopé d'un avertissement temporaire. Seul Pierre-Henri était allé voir le principal pour tenter de défendre son ami, mais c'était sa parole et celle de Paul contre celle de toute une classe.

Paul devait croire Charles. La seule chose à faire consistait à mettre tout ça derrière lui et à terminer son année scolaire à la maison. Il passerait son brevet en candidat libre. Et puis, Charles refusait qu'il revoie ce Joseph Kahn. Il s'était renseigné sur lui.

C'était le fils d'une paumée du camping, une sorte de *beatnik*. Le pauvre gosse devait être aussi bizarre que sa génitrice et c'est lui qui avait dû fourrer de sales idées dans le crâne de Paul. De toute façon, en septembre prochain, ce dernier irait dans un lycée privé catholique. En internat, à Jeanne d'Arc. Loin d'ici, de ce Joseph Kahn et des autres vermines de son collège.

— Ça vaudra mieux pour tout le monde.

Les parents de Paul, si imparfaits fussent-ils, avaient élevé leur fils en lui rappelant sans cesse les commandements sacrés : ne pas voler, ne pas envier, ne pas mentir. L'effort, l'honnêteté, le mérite lui permettraient de mener une belle vie. Ainsi, il devait y avoir une sorte de justice immanente qui finirait toujours par distinguer les bons des méchants. Or, en ce mois de juin 1984, à la réception de son dossier d'inscription pour devenir interne au lycée Jeanne d'Arc, à plus de cent kilomètres de chez lui, Paul Daumas saisit que Charles et Blanche Daumas avaient été roulés. Et, ce faisant, qu'ils l'avaient roulé aussi.

Bien que l'adolescent n'ait rien fait contre elle, l'institution scolaire l'avait cloué au pilori. Bon élève, timide et discret depuis toujours, il était soudain devenu un faiseur d'histoires, un empêcheur de tourner en rond qu'il fallait éloigner pour préserver la tranquillité de tous. Blanche avait bien tenté de joindre la mère de Richard, des jumeaux et même celle de Nathalie, mais chacune d'elles lui avait répondu qu'elle n'avait rien à lui dire.

Et depuis, Paul avait été mis à l'isolement dans sa propre maison. Assigné à résidence avec interdiction de retourner au collège et cours à domicile, il pourrait seulement sortir de chez lui fin juin pour passer le brevet. Désormais blotti dans cette chambre de 12 m^2, l'adolescent n'habitait plus que le bas monde. Celui que l'on doit dissimuler. Sans ciel. Les ailes collées.

Au début, il croyait que ce serait plus facile, mais il n'est pas simple du tout de vivre une punition qu'on n'a pas méritée. C'est plus facile pour eux, pour les coupables. La vie est quelquefois obscène.

Toute la journée, dans un quotidien qui tournait en boucle, Paul passait du rez-de-chaussée à l'étage et de l'étage au rez-de-chaussée. Banana split, tartes meringuées, chocolats chauds. Nouveaux disques, nouveaux livres, nouveaux posters, nouveaux vêtements. Et même un magnétoscope dernier cri pour sa chambre. Blanche était généreuse et attentionnée. Elle lui disait d'oublier, de passer à autre chose.

Cette femme qui avait pris tant de couteaux dans le dos ne pouvait pourtant ignorer combien ses paroles sonnaient faux. On n'oublie rien. Jamais. Son garçon en voulait pour preuve l'alcool dégouliné dans ses veines durant toutes ces années. Un pis-aller, une diversion. Au mieux une mise en veille. Mais c'était une mère et les mères sont convaincues que pour leurs enfants, le sort sera différent. Elles croient qu'il leur suffit de sauter à pieds joints sur le chagrin de leurs fils pour l'écrabouiller.

Alors, afin d'égayer un peu ses mornes journées, Paul allait régulièrement dehors pour jardiner avec elle. La mère lui montrait comment soigner ses précieuses roses et de temps en temps, quand elle était de bonne humeur, elle lui apprenait aussi des pas de danse. Jeux de jambes, pivots, changements de place.

— Un garçon qui danse bien, ça plaît aux filles, riait-elle.

Rock, cha-cha, mambo, madison : Blanche tenait ces rudiments de sa mère. Lorsqu'elle dansait, elle était éblouissante de beauté et de fougue. Paul imaginait alors la jeune fille qu'elle devait être. Celle d'avant *l'accident*.

Nathalie avait largué Richard.

Pierre-Henri, qui venait parfois lui faire la conversation, avait entendu dire que la jolie blonde aux dreadlocks en avait eu assez de sortir avec un voyou. A priori, il n'y avait pas un samedi soir sans que cet abruti ne prenne une cuite et finisse par s'embrouiller avec l'un ou l'autre.

Parmi les professeurs, seule Mme Ferriel, l'enseignante de français, lui avait demandé des nouvelles de Paul. En haussant les épaules, elle lui avait dit que c'était dommage tout ça. Rien de plus. Et pour Paul, ce rien de plus, c'était comme si rien ne s'était passé, comme s'il leur avait suffi à tous de tourner un bouton d'interrupteur.

Le suivi de Paul avec le docteur Lelièvre avait lieu deux fois par semaine et la psychiatre exigeait parfois que l'un de ses parents soit présent et participe à la séance.

— Rien ne remplace la thérapie familiale, disait-elle, l'air convaincu.

Le père s'y refusait, mais à chaque fois qu'elle le pouvait, la mère accompagnait son fils et ce fut peut-être là la seule chose qui donna un petit goût douceâtre à ce cauchemar.

En effet, grâce à la thérapeute, les lèvres de Blanche commencèrent peu à peu à se desserrer, le froid sur son visage à s'évanouir. Jour après jour, petit pas par petit pas, Blanche Daumas se mit à esquisser l'anatomie de ce qui la constituait, à accepter de déposer quelques morceaux de son histoire dans celle de son aîné.

De fil en aiguille, Paul parvint à mieux comprendre le couple bancal de ses parents, ses fulgurances des débuts et leurs terminaisons. Au moins un peu. Il saisit vite que ce n'était pas sa naissance qui avait fracturé l'avenir de Blanche avec son mari.

La responsabilité changeait de camp. Si la vie tirait parfois à boulets rouges, il n'existait pas forcément de coupable : depuis ce soir de la Saint-Jean en 68, l'amour de Charles pour Blanche se faisait et se défaisait et leur fils n'y était finalement pour rien. L'amour comme le désamour a ses mystères.

Un soir où la mère était souffrante, Charles ramena Paul de sa séance à l'hôpital. Un peu avant d'arriver aux Cormières, il gara la voiture en bord de plage et, une fois le contact coupé, il glissa sa main dans celle de son aîné. L'adolescent retint son souffle.

— Tu es en âge de comprendre, Paul. Avec ta mère, les choses n'ont pas toujours été faciles. On n'a pas été un couple de rêve, c'est sûr. Mais avec toi, on aurait pu… On aurait dû faire mieux. J'espère qu'un jour Dieu nous pardonnera et surtout qu'il t'aidera à pousser droit.

Paul regarda la mer qui leur faisait face. Ses vagues qui roulaient. Leurs creux. Sans un regard pour son père, il retira sa main. La voiture redémarra.

Qu'il crève.

14 juillet 1984

Quelques visages se retournèrent. Il y eut un léger frémissement de voix. Elles se murmuraient sans doute qu'ils n'avaient rien à faire ici, au sein de cette soirée organisée par le comité de quartier. Pourtant, le père planta son regard de pierre face à lui. Francis Vialatte, le père de Richard. Avec quelques hommes du quartier, Francis s'occupait du traditionnel barbecue.

Ils se connaissaient, il leur était déjà arrivé de chasser ensemble. Et puis, comme Charles, Francis Vialatte faisait partie du conseil municipal. Il se trouvait dans l'opposition. Le père et lui s'étaient côtoyés de nombreuses fois, alors monsieur le président du comité de quartier des Cormières se retrouva bien obligé de saluer le père de Paul Daumas. Et dans un effort lâche, les lèvres de Charles lui concédèrent aussi un bonjour.

Après une poignée de main sans chaleur, Francis Vialatte leur désigna une place à l'angle d'un mur, loin des grandes tablées. Son fils, les jumeaux et une dizaine d'autres jeunes étaient déjà installés à l'autre bout de la place. Paul remarqua aussitôt l'absence de Nathalie.

Une fois assis à table, si le père se mordit la lèvre inférieure à plusieurs reprises, il garda la tête haute. C'est lui qui avait insisté pour que toute la famille se rende à cette fête. Il n'y avait pas de raison, ils y étaient toujours allés.

— On va quand même pas se laisser emmerder pour cette erreur de jeunesse. Qui n'en commet pas ?

Et Charles avait renvoyé le carton d'invitation, un chèque et le bordereau d'inscription. Avec leurs quatre noms et prénoms en lettres capitales.

Depuis que Paul avait quitté le collège, la grande majorité des voisins semblait mépriser la famille. Blanche n'était plus invitée aux réunions Tupperware des ménagères du quartier et quand elle croisait une tête connue au Prisunic, une fois sur deux, cette dernière changeait de rayon.

La mère de Richard racontait partout que le fils Daumas était un petit pervers. Et les gens en faisaient des gorges chaudes. Ils s'ennuyaient tellement que n'importe quel ragot se muait en émotion forte.

La nuit était presque tombée et on avait allumé les projecteurs. La fraîcheur gonflait légèrement le fond de l'air. Sans un bruit, les parents, Cécile et Paul avalaient leurs frites et leurs merguez. Chacun d'eux épiait le moindre signe, la moindre parole susceptible de traduire l'animosité des autres. Leurs corps oscillaient. Paul sentait que le père était là pour en découdre. Il allait bien falloir que quelque chose se passe. Crever l'abcès.

Mais la musique démarra et la mère gagna la piste. Les regards se tournèrent vers elle et sa robe de lin rouge qui voletait au rythme de ses hanches. Lorsqu'elle dansait, Blanche Daumas était un joyau.

Paul ne prêtait pas attention à Richard et aux autres. Il restait attablé sagement dans son coin d'ombre à observer les premiers danseurs qui tournoyaient avec Blanche et deux autres femmes. Profil bas. Il ne voulait pas d'histoires. Quelques semaines plus tard, il serait ailleurs, loin de ce bled et de cette vie de quartier en carton-pâte. Loin de leurs cruautés biseautées d'ignorance.

Ce fut au moment où il se leva pour aller commander un soda au bar qu'il croisa Pierre-Henri. Il venait juste faire un tour. L'adolescent semblait bizarre, pas comme d'habitude. Quand il parlait, ses joues rosissaient et il ne cessait de lancer d'étranges regards alentour. Paul ne parvenait pas à saisir l'origine de cette gêne.

Au bout de plusieurs minutes de conversation, le garçon finit quand même par lâcher le morceau :

— J'ai croisé Joseph près du camping. Et d'après ce que j'ai compris, il t'y attend.

Le soir trembla, la lune devint rouge. Paul n'était plus qu'un mélange de sable et d'eau.

Il fallait absolument qu'il se ressaisisse, alors, sans rien dire à ses parents, le garçon commanda une Heineken au comptoir. Il la but derrière la sono, à quelques centimètres de la grosse enceinte. Il comptait sur la bière et la pluie de décibels pour s'étourdir et fragmenter sa peur.

Peine perdue.

Lorsqu'il réapparut, Charles et Blanche dansaient collés-serrés sur un vieux standard d'Otis Redding. Paul fit signe à la mère. Il commençait à avoir froid et il avait oublié de prendre un pull. Après avoir furtivement validé son départ pour la maison, les yeux de Blanche replongèrent au creux de l'épaule du père.

L'adolescent quitta immédiatement la place et courut vers le camping. Il coupa les sentiers, raccourcit les distances, traversa le bois à une vitesse folle. Ses pieds foulaient sans s'y enfoncer la mousse et le sable de la pinède. Le sang bouillonnait dans ses muscles, la peau de ses joues tordait le vent. Sous chaque foulée, la joie et l'inquiétude affleuraient et, en même temps, tout reprenait son sens. Quelque chose était en train d'éclore.

Joseph se trouvait bien là, dans le square du vieux camping. Assis en tailleur à même le sol, sous un lampadaire, il fumait tranquillement. En nage, Paul se posta à quatre ou cinq mètres derrière lui, dans la pénombre. Ses bras nus, leur chair tendue qui se pliait et se dépliait doucement entre chaque bouffée, ce mégot qu'il écrasa et tritura longuement du bout de sa basket : Paul se délectait de pouvoir l'observer ainsi, sans se faire voir.

Mais Joseph pencha soudain le cou dans sa direction et, sans même esquisser un geste de surprise, il invita Paul à le rejoindre. Un frisson glissant brusquement de sa nuque au bas de son dos, Paul fut incapable de sortir une syllabe.

Il finit quand même par s'approcher et le visage de Joseph s'éclaira d'un large sourire. La peau de l'adolescent avait pris la couleur de l'été, des poils avaient poussé sur ses joues. Ses cheveux paraissaient plus longs qu'avant. Le drôle de garçon au maillot trop lâche et au pantalon démodé était toujours aussi beau et magnétique.

Pour se donner une contenance, Paul s'alluma une clope. À couvert de cette posture faussement décontractée, il trouvait plus facile de garder le silence. Comme il l'avait toujours fait, ce fut Joseph qui, très vite, brisa la glace.

D'abord, il se mit à lui parler de ces mois passés dans l'immense pays, des passages à la synagogue, de l'éducation religieuse que Yaïr avait vainement tenté de lui inculquer. Il dit qu'il adorait imiter l'accent des Canadiens, que cet accent leur donnait un côté loufoque et chaleureux. Il décrivit aussi les somptueux gratte-ciel, le métro, la foule partout. Les plages. Les îles. Le quartier juif où vivait son père. La bizarrerie de certains de ses habitants, leurs croyances, leurs rites. Les nombreux bars et restaurants de la ville. L'incroyable zoo, l'aquarium de Ripley, la tour du CN. Il lui avait d'ailleurs rapporté une boule à neige de la tour. Comme ça. Pour le délire.

— Tu sais, Paul, Toronto est un endroit intense et merveilleux. On se trouve tellement loin d'ici !

Joseph fit une grimace puis éclata d'un rire désinvolte et, dans la même seconde, Paul retrouva la jolie fossette qui faisait deux plis symétriques dans le creux de sa joue, juste au coin des lèvres.

Le garçon était fasciné.

Joseph lui proposa de marcher un peu.

Une fois arrivés à la petite plage de la pinède, ils allongèrent leurs longs corps d'adolescents sur le lit sableux parsemé d'aiguilles. La moiteur de l'après-midi remontait de la terre. La Manche s'agitait non loin d'eux, il y avait une forte houle.

Joseph ne dit rien de son silence pendant tous ces mois et Paul choisit de ne pas lui rapporter les saloperies des autres. Il le ferait plus tard. L'heure n'était pas aux règlements de compte. Paul le pressentait, ce temps passé avec lui serait un temps trop court, alors pour l'instant, il voulait juste qu'ils restent là, dans ce moment bancal et délicieux. Son bras droit qui frôlait le sien. Cette peau qui pouvait le mener jusqu'aux larmes, la tessiture rauque de sa voix qui se tendait vers lui et qui, déjà, le renversait.

Tu m'as tellement manqué.

Ces mots simples, Paul n'osa les prononcer. À quinze ans, il est difficile d'avouer ce qu'on ressent, il faut tenir la distance. Paul se trouvait tellement à côté de la plaque d'avoir cette faim-là.

Et puis Joseph se tourna vers lui et Paul devina la plaie vive dans son ventre. Comme un aveu. Juste avant la vague.

Ses lèvres.

Elles lui retournèrent les tripes, ses lèvres. Souples, duveteuses. Aspirant l'espace autour d'eux et le temps qui passe. Cœur et sexe cognant à l'unisson et à tout rompre, suspendus à ses gestes. La main tiède de Joseph sur sa nuque, les larmes collées à ses paupières. Entrailles qui s'émiettent, poitrine fondue, abrogeant toute posture, tout mensonge.

Durant quelques secondes, n'être qu'un plâtre friable.

Comme s'ils n'étaient plus que deux corps pour une seule bouche. Deux corps mués en un baiser long, intense. Outrancier.

En cet instant, Paul saisit qu'il n'aurait besoin que de la bouche de ce garçon pour embrasser toutes les bouches. En cet instant, il avait déjà tout trouvé, tout éprouvé. Tout aimé.

La mère l'attendait sur un coin de table et sembla ne pas s'être aperçue de son absence prolongée. Elle ne vit pas l'essoufflement, les joues écarlates. Le bonheur qui tambourinait encore dans la poitrine.

Charles était déjà rentré. Une dispute à cause de la jeune voisine qu'il aurait regardée d'un peu trop près. Son haleine était chargée et Paul comprit tout de suite qu'elle venait de picoler. Blanche Daumas avait perdu cet air vivant qui colorait ses joues quand elle dansait. Le chagrin mêlé à l'alcool, ça la faisait mourir du dedans.

— Sois gentil, va trouver ta petite sœur et ramène-la chez nous, j'suis plus en état, là. On s'retrouvera directement à la maison.

Paul acquiesça et laissa sa mère, son chagrin et sa jolie robe de lin rouge désormais froissée rejoindre la rue.

Quand, quelques minutes après, Cécile et son frère traversèrent la buvette pour regagner la route, Paul distingua le père et le fils Vialatte. Ils fumaient un peu à l'écart, sur le petit parking. Lors de leur passage sur le trottoir d'en face, Paul ne put s'empêcher de croiser le regard arrogant de Richard.

— Mate cette tapette qui ose venir nous défier ! cria-t-il en flanquant un léger coup de coude à son père.

Mais, loin de ce à quoi Richard s'était attendu, ce ne fut pas un coup de coude complice que Francis Vialatte lui rendit. Ce fut une gifle. Une gifle terrible. Sonore et puissante.

— Ta gueule, p'tit con. Pas devant la gosse. Tu m'fais honte !

Dodelinant d'un côté et de l'autre, la tête du fils ressembla un court instant à celle de ce petit chien en plastique qu'on trouve parfois sur les plages arrière des voitures. Puis la tête perdit son allure de figurine animée et redevint statique. Elle était d'une pâleur de cire, presque verdâtre. Sa bouche saignait.

— Il l'a pas volée, celle-là ! s'exclama aussitôt la petite sœur en riant.

À présent, les yeux mauvais de Richard les scrutaient tous les deux. Paul prit la main de Cécile et l'entraîna. Sans jamais se lâcher, tremblants et excités à la fois, le frère et la sœur passèrent leur chemin. Le pouls de Paul battait la chamade dans son cou, mais pour la première fois depuis longtemps, le garçon se sentait fort. Le vent tournait.

Rentré à la maison, Paul prêta à peine attention à la mère, immobile face au frigidaire, l'air d'hésiter entre une bière fraîche et un verre de rosé. Il ne prêta pas attention non plus au père, assis dans les ténèbres du salon, s'apprêtant à se coucher dans le canapé. L'adolescent se foutait bien de leurs histoires. Joseph lui avait promis qu'ils se retrouveraient un peu plus tard dans la soirée et Paul ne pensait qu'à ça, à cet amour qui persévère.

Lorsque ses parents et sa sœur se furent endormis, il sortit par la porte-fenêtre de la cuisine et se sauva par le raccourci du terrain vague. La musique du bal sertissait encore la nuit, le vent sec secouait les arbres. Paul pensa qu'il aimait les odeurs des nuits d'été, cet air noir qui se boursoufle encore un peu de la chaleur du jour. Ses jambes le portaient à toute allure. À l'orée d'un nouvel avenir, Paul n'était plus qu'un tourbillon. Peut-être que la Françoise Sagan de la mère avait raison finalement : *Toute sa vie, on réapprend à vivre.*

Il s'engouffra ensuite dans la pinède. Avant, à la belle saison, les touristes l'envahissaient pour pique-niquer, faire une balade digestive, s'aimer à l'abri des parents partis s'offrir une glace, des chichis ou un souvenir sur le marché nocturne. Et puis, au fil des ans, elle avait fini par n'être plus qu'un bois mal entretenu, jonché de canettes et de restes de papier-toilette. Pourtant, ce soir-là, ses arbres tordus et leurs troncs noueux devinrent, pour Paul, pareils à un poumon et, à chacun de ses pas, à chacun de ses souffles, l'adolescent imaginait déjà. Leurs cœurs à l'arrêt. L'éblouissement. Paul ne pensait qu'à Joseph, il ne pensait qu'à mouiller ses yeux, sa peau, son sexe, sa beauté, son âme. Paul était fou d'amour.

Il ne se trouvait qu'à quelques mètres de leur point de rendez-vous, sur la plage de la pinède, quand des voix arrachèrent Paul à ses songes.

Le garçon s'approcha à pas feutrés et, sous un lampadaire un peu faiblard, il reconnut la silhouette de Joseph. Elle se trouvait avec ces voix, celles de leurs visages de serpent, de leurs prunelles jaunes. Ils étaient là tous les trois. Richard, Eddy et Yvan. Des boucles de fumée s'envolant au-dessus de leurs ombres grises.

Comment avaient-ils su ?

Paul continua d'avancer et finit par s'immobiliser face à eux. L'air complètement ivre, Richard éclairait un peu plus la scène avec un Zippo. Sa lèvre supérieure saignotait encore. Paul comprit qu'il venait de relâcher le tee-shirt d'un Joseph tétanisé.

— Ah, mais regardez qui voilà ! C'est parfait, on n'attendait plus que la p'tite fiotte justement, s'écria-t-il.

Richard cracha par terre et Paul ne répondit rien. Rester calme surtout, ne rien montrer. Malgré le goût de sale. Malgré la peur qui, d'un coup, pulse dans les tempes. Paul se dit qu'il aurait dû lui parler d'eux dans ses lettres, il aurait dû lui dire. La haine déployée, le ver dans leurs mots, leurs gueules de charognes. Et Joseph se serait méfié. Il ne les aurait pas laissés l'approcher, il aurait couru loin. Chez lui, chez Paul, ou juste à côté, sur la place où l'on dansait et buvait encore en attendant le feu d'artifice.

Mais il était trop tard.

Dans ses lettres, Paul ne voulait pas que Joseph s'inquiète pour lui, il ne voulait pas qu'il se sente coupable, ou pire, qu'il ait peur de revenir ici. Alors Paul n'avait rien dit. Et ce soir, par sa faute, tous deux se retrouvaient piégés au milieu d'un bois où, à cette heure, personne n'allait jamais plus, si ce n'étaient les mecs à chien ou des gars comme eux, des pauvres pédés qui n'avaient pas d'autre endroit pour s'aimer un 14 juillet 1984.

Richard jeta le mégot de son joint et, de ses petits yeux défoncés, rougis et sans relief, il se mit à les fixer. Paul savait déjà qu'il devait fuir, emmener Joseph avec lui. Pourtant il n'y parvenait pas. Ses joues et sa bouche commencèrent à frissonner, ses genoux à claquer l'un contre l'autre. À présent, il aurait voulu se mettre en boule sur le sol, frotter ses chairs glacées contre la terre moite de la pinède. Mais au lieu de ça, il restait debout. Tronc dur, lourd, silencieux, impossible à déraciner. Ses oreilles aussi s'étaient figées. Il entendait à peine Richard qui les insultait, qui se marrait.

— Vous êtes quand même deux belles salopes ! gloussait-il en prenant Eddy et Yvan à témoin.

Paul, lui, ne disait toujours rien.

Il ne se défendit pas plus quand Eddy le ceintura et le plaqua, son dos coincé contre le bois dense et râpeux d'un pin.

Il s'y attendait.

Il eut juste le temps de voir les yeux de Joseph, ses yeux d'encre s'agrandir, presque sortir de leurs orbites. Sidéré lui aussi, le drôle de garçon ne bougeait pas, ne parlait pas. Et aucun d'eux ne réagit davantage lorsque la voix gondolée de Richard ordonna à Yvan de faire s'agenouiller Joseph face à Paul et qu'Yvan s'exécuta, un drôle de rictus accroché à ses lèvres.

Après, Paul ne se souvient pas très bien. Il y eut son corps déshabillé, l'étoffe des vêtements arrachée au couteau, les râles de leur vengeance, la stupeur, les larmes roulant sur la peau, les doigts de Richard, ses gros doigts, sales et puissants, qui poussaient la bouche de Joseph contre le sexe de Paul.

— Suce-le, Joseph. Suce sa sale bite de phoque.

Et puis, sans que Paul sache vraiment pourquoi, d'un coup, de grandes brassées de rage soufflèrent dans ses propres narines, giclèrent jusque sous son crâne, gonflant par à-coups ses ailes repliées, décuplant sa force, voilant son regard. Son corps devenu fou, l'adolescent se libéra de l'étreinte. Il sentit son poing gauche percuter une mâchoire, son poing droit s'enfoncer dans la chair d'un ventre, ses genoux qui, l'un après l'autre, se mirent à boxer il ne sait plus quoi. De toute façon, il allait bien falloir que le mal s'écrase quelque part, qu'il finisse par remplir leurs bides de nazis.

Très vite, il entendit un corps tomber.

Encore aujourd'hui, Paul serait incapable de dire combien de temps cela a duré. Il ne sait pas non plus précisément ce qu'il a fait. Il se rappelle juste le liquide poisseux sur son front et les cris des autres dans l'air chaud.

Des pierres. Des pierres qui étaient jetées de derrière les arbres noirs. Et immédiatement, les jumeaux qui prirent la fuite.

Prostré sur le sol sableux, Richard leur criait de l'attendre, mais les jumeaux ne se retournèrent pas. La peur fut la plus forte. Celle d'être découverts, percés à jour dans leur violence. Par d'autres. Leurs parents sans doute.

Mais Paul, il s'en foutait d'être vu là. Tout ce qu'il voulait c'était lui arracher la tête, à Richard, en exciser les vilaines racines, et à cette pensée ses poings redoublèrent de hargne, frappant le corps à terre, le martelant de toutes leurs forces. Derrière lui, les pieds et les mains de Joseph se mirent aussi à cogner. Les boyaux, le mou. La carcasse.

Rouge. Verte. Jaune. Orange. Quelques fusées luminescentes montèrent dans le ciel et le feu d'artifice interrompit la horde de coups. Leurs corps traversés par les halos lumineux, Paul et Joseph se dévisagèrent, haletants, leurs fringues en lambeaux, leurs peaux transpirantes, presque cuites. Richard, lui, était toujours coincé sur le sol, la bouche tordue de douleur, son tee-shirt maculé du sang de Paul, de Joseph et du sien.

Ce fut là, sous les orbes de couleurs, que le drôle de garçon s'écroula sur le sol. Un hoquet sans larmes, un ventre qui soubresaute, une gorge qui siffle, comme les petits cris aigus et déchirants d'un chien qu'on maltraite. Il hurlait qu'il fallait arrêter, qu'ils étaient tarés de réagir comme ça, qu'ils allaient finir par le massacrer pour de bon, par tuer Richard, que ça ne leur ressemblait pas.

— C'est pas nous, Paul. On n'est pas comme eux, c'est pas possible de faire ça !

Sans bouger, Paul détaillait les longues mains de Joseph qui tapaient nerveusement contre la terre molle, il en ressentait les sourdes vibrations. Lui aussi, il commençait à comprendre. Sous la salve de leurs poings rageurs, ce n'était pas seulement Richard et sa violence qu'ils tentaient de détruire. Ce que Joseph et Paul réduisaient en cendres, c'était l'enfance et son innocence. Ils trahissaient et enterraient à jamais une part d'eux-mêmes.

Joseph se tut, soudain. Alors ils se retrouvèrent tous les deux, plantés là, aux pieds de leur propre bestialité. Et ils la regardaient en face, droit dans les yeux. Elle était faite de ce corps terrassé, déformé, tuméfié, ce bloc de chair et de sang qui les appelait à l'aide dans un râle puis qui, la minute d'après, cessa sa plainte.

Paul se pencha sur la bouche sanguinolente de Richard et écouta sa respiration.

Faible.

À peine un chuintement.

Il fallait faire quelque chose, agir vite. Paul se mit à paniquer. Tout à coup, il n'y eut plus rien pour amortir sa peur. Entre la peau et le squelette, à peine un filet d'air.

Le garçon secoua Richard dans tous les sens, le suppliant de réagir.

— Alors, ma salope… Tu veux m'rouler une pelle, c'est ça, hein ?

Les yeux subitement rouverts, Richard le toisa et entonna un rire étrange. Il rit encore et encore, se mit à tousser grassement. Sa peau rougit, s'empourpra ; on aurait dit que le sang montait jusque sur ses joues et son nez. Ses vaisseaux apparaissaient par transparence. Ils se dilataient, éclataient ici et là.

Effaré, ne sachant plus comment réagir, Paul se retourna.

Mais Joseph n'était plus là.

Il avait disparu dans la nuit.

Les jours qui suivraient, Joseph ne répondrait ni à ses appels ni à ses tentatives de visite au camping. En réalité, quelque temps après, il repartirait chez son père et ne reviendrait plus. Il n'y aurait pas de séparation, pas de déchirement. Joseph Kahn et Paul Daumas cesseraient simplement de se voir.

Cette nuit-là, Paul ramassa ce qu'il restait de ses vêtements. À son tour, il quitta la pinède, laissant Richard seul dans son sang et son ivresse.

THE LAST ROSE OF SUMMER

2003-2004

17 mai 2003

Joseph lui fait un signe de la main et Ana savoure.

— Il était pas facile à dénicher, ton copain. Un ours. Son atelier de charpentier n'est qu'à quelques kilomètres de chez ta mère mais il est quasiment injoignable. Toujours parti sur des chantiers. Un vrai courant d'air !

Paul se rappelle qu'après le collège Joseph Kahn avait rejoint les Compagnons du devoir. C'est Cécile qui l'avait appris de la bouche d'une voisine. La vieille disait aussi que sa RMIste de mère avait fini par obtenir un logement social dans un village voisin. Quelques années plus tard, le vieux camping où Joseph avait logé un temps avec elle avait été rasé pour laisser place à un complexe aquatique. Un genre de Center Parcs.

Joseph le félicite et Paul reconnaît sa voix, ce timbre grave qu'il n'a pas besoin de forcer. Ses yeux brillent et sa peau s'est tannée. Dans sa veste de costume, Paul devine les muscles secs, la force, la chair de sa peau. Sous la frange effilée, il voit aussi la ligne épilée de ses sourcils, le léger trait de khôl qui ceint ses yeux moirés. Cet apprêt qui l'éclaire soudain met Paul mal à l'aise.

Joseph dit qu'il ne peut pas rester, que c'est la femme de Paul qui a insisté pour qu'il passe.

— On s'marie pas tous les jours, hein.

Paul lui répond qu'il a bien fait, que ça lui fait plaisir. Que pourrait-il lui dire d'autre ? À l'instant, il est paralysé. Tout se ralentit. Ses gestes, sa respiration. Une lenteur de coulisses et de trac, de rideau qui s'ouvre.

Joseph lui pose quelques questions banales mais, toujours aussi gêné, Paul n'est pas très volubile. Très vite, il laisse Ana répondre à sa place. Arborant ses nouvelles rondeurs sous le satin blanc, sa femme n'a besoin que de quelques minutes pour lui dévoiler l'essentiel de leur actualité : le bébé attendu pour l'automne, la construction du pavillon près de l'école où Paul exerce son métier d'enseignant spécialisé, leur vie ici, chez sa belle-mère, en attendant la fin des travaux.

— Une question de mois, lui susurre-t-elle, d'un air entendu.

N'y tenant plus, Paul prétexte devoir rejoindre l'un des convives qui discute dehors et les laisse à leur conversation.

Sur la terrasse du restaurant, la mère est là, tirée à quatre épingles, à fumer comme un pompier dans sa chaise roulante. Depuis qu'elle a eu son accident de voiture l'an dernier, elle a des difficultés à bouger ses jambes et elle se déplace souvent avec des béquilles. Et parfois, comme aujourd'hui, en fauteuil.

Blanche tire la manche de son fils. Elle ne savait pas pour la surprise. Ana ne l'avait pas prévenue et, si elle avait su, elle l'aurait dissuadée.

Elle lui demande si ça va.

Paul allume une cigarette et lui sourit avec assurance.

Elle veut savoir s'il est sûr.

Il lui répond que oui, il est sûr. Paul avait senti la présence de Joseph Kahn pendant des jours, des mois, des années et puis, un matin, il ne l'avait plus sentie.

La fête est finie.

Allongé sur le lit de son enfance, Paul regarde par la fenêtre les premiers éclats de l'aube. Les membres désarticulés par la fatigue et l'émotion vive de cette journée, il se blottit contre la poitrine de sa femme, bien au chaud dans leur amour. Celle-ci lui dit qu'elle est comblée, que leur mariage a été un émerveillement. De bout en bout. C'était simple et sans chichi, comme elle aime que les choses soient.

Elle lui montre à présent ses pieds meurtris d'avoir tant piétiné. Malgré ses orteils et ses talons cloqués par les chaussures neuves, la jeune femme continue d'avoir le visage rieur. Ana a le sourire facile. Ana est une femme à aimer. Elle est née pour ça, pour l'amour. Partout où elle passe, son épouse laisse une empreinte de douceur. Quand Paul l'a rencontrée, il a tout de suite su : Ana serait son joyau.

— Tu as aimé ma surprise, Paul ? J'ai beaucoup hésité. Je ne savais pas si tu serais heureux de revoir tous ces gens. Et en particulier tes vieux copains du collège. J'ai vraiment cru que tu allais faire une syncope quand tu les as aperçus !

Paul se souvient. Il y a plusieurs semaines, Ana et lui s'étaient installés dans sa petite chambre des Cormières et sa femme avait passé du temps à ranger quelques papiers dans le vieux bureau. C'est dans l'un de ses tiroirs qu'elle avait trouvé la petite photo de Joseph, celle que Paul avait gardée si longtemps dans son portefeuille. Son sourire dans le grand salon, le jour des glaces à la pêche. Paul croyait sincèrement l'avoir jetée.

— Enfin une trace de ta jeunesse ! avait-elle lancé fièrement.

Évidemment, Ana l'avait questionnée. Depuis que les jeunes époux se connaissent, Paul lui a toujours dit qu'il n'y avait rien d'intéressant à en dire. Mais elle avait insisté. Sous ses airs tranquilles, Ana est une femme déterminée et quand elle a une idée en tête, il est difficile de la faire changer d'avis. Paul avait fini par présenter le garçon de la photo comme un ancien meilleur ami parti vivre loin. Il ne s'était cependant pas étendu à son sujet et s'était dépêché d'évoquer Pierre-Henri. Jamais il n'aurait imaginé revoir Joseph Kahn de cette façon. Le jour même de son mariage.

En ce petit matin, Paul ne peut s'empêcher de penser à Richard. Il se dit que là où il est, il doit pouffer de rire.

Vingt ans. Presque vingt ans déjà que ce sombre connard a disparu de sa vie et de toutes les autres, que sa dépouille repose au cimetière des Cormières. Presque vingt ans que le cadavre de l'adolescent a été retrouvé par un groupe de touristes. Pas loin d'ici, échoué sur une plage, à la marée descendante. Bleu, gonflé et couvert d'ecchymoses. C'était deux jours après sa disparition, le matin du 16 juillet 1984.

À l'époque, les amis de Richard et sa famille avaient été interrogés. Tout le monde savait que le soir du bal, sur la place, il avait beaucoup bu et fumé. Lors d'une soirée en juin, Richard avait déjà été repêché in extremis par Sébastien Favre alors qu'il prenait un bain de minuit, complètement saoul. La gendarmerie avait rapidement conclu à une noyade accidentelle. Ils n'avaient pas cherché plus loin. Encore un gosse du coin victime de la défonce et de l'alcool, avaient-ils soufflé tristement.

Ni Joseph ni Paul n'avaient été questionnés. Personne à part les jumeaux ne savait qu'ils s'étaient vus cette nuit-là, un peu avant le feu d'artifice. Mais, à la connaissance de Paul, ils n'avaient rien dit. Les jumeaux avaient sans doute eu honte. Honte de les avoir maltraités. Honte d'avoir été dominés par la crainte et d'avoir laissé Richard seul, ivre et mal en point. Paul aussi avait eu honte de l'avoir abandonné ainsi, si près de l'eau déchaînée. Tous, ils s'étaient mis à croire à cette histoire de noyade.

— Tu sais, ma chérie, revoir tous ces gens m'a fait très plaisir. C'est juste que je ne m'y attendais pas du tout. Et tu me connais, je peux être émotif dans ces cas-là.

Paul se penche vers Ana. L'espace d'un instant, il se cramponne à ses lèvres.

4 juillet 2003

Il y a un joli ciel du soir. La mère et le fils préparent un osso bucco de dinde. Paul découpe la viande en petits morceaux tandis que Blanche épluche et émince les oignons. Ses yeux rougissent et pleurent. Tout en les tamponnant avec sa manche, la mère confie à son fils qu'elle voudrait vendre.

— Charles est parti depuis si longtemps, et puis la maison est trop grande. Un appartement dans une résidence du centre suffirait. Avec un ascenseur et un accès pour handicapé. Je pense même que ton père serait d'accord, il n'y a pas de raison.

Durant de longues années, Paul s'était imaginé ses parents comme un couple usé qui vieillirait ensemble. Le genre de vieux grincheux qui s'envoient des horreurs à la figure mais qui regardent Jean-Pierre Pernaut ou font des mots fléchés côte à côte dans leurs fauteuils inclinables. Un jour, il aurait fallu se réunir avec Cécile et prendre des décisions. Aide à domicile ou maison de retraite.

Les choses ne s'étaient pas passées ainsi.

Charles et Blanche Daumas n'avaient pas divorcé mais, six ans plus tôt, le père avait quitté le domicile familial. Comme ça, du jour au lendemain. Il avait tout laissé à la mère. La maison à tourelle, les meubles, le compte joint et même sa dernière BMW à laquelle il tenait tant. Il n'avait emporté que ses fusils, des vêtements et quelques photos. Son cabinet dentaire vendu à un confrère, il s'était installé dans un modeste pavillon de chasse, près d'un bois. Loin. Quelque part dans les terres. Le temps avait passé. Il avait appelé son fils une fois, deux fois, et puis il n'avait plus donné de ses nouvelles. Paul n'en avait pas pris non plus.

— Je crois qu'il s'en fiche, au fond. Ton père, c'est un autre homme maintenant. À part un ou deux voyages par an à l'étranger pour aller chasser, il ne bouge guère de son trou. On dit de lui que c'est un ermite qui passe sa vie en forêt.

Les yeux de Blanche se charbonnent d'une sorte de colère froide et elle ajoute, d'une voix hachée :

— Et puis, il faut me comprendre... Je sais que ta sœur et toi, vous êtes attachés à la propriété des Cormières, mais je vous demande de penser un peu à moi ! C'est vrai, quoi. En définitive, cet appartement sera le premier logement que j'aurai vraiment rien que pour moi. La maison, c'est Charles qui l'avait choisie et fait décorer selon ses goûts à lui ! Et puis j'ai droit, moi aussi, à un nouveau départ.

Il la regarde. Sa robe à col bateau, son éternel tablier plissé, son collier de perles, son blush rose, son chignon laqué. Ses manières affectées. Comme elle l'a toujours fait, Blanche Daumas joue à la dame. Mais

Paul sait que la mère est encore une petite fille qui croit au mirage de la nouveauté. Une nouvelle maison, de nouveaux meubles pour tout réparer. Elle y croit tout comme autrefois elle croyait naïvement à la magie de la Smirnoff et du Lagavulin. Abracadabra.

— Et puis tout en ces lieux me rappelle ton père. Il est temps pour moi de passer à autre chose, de faire une croix sur le passé.

Paul a envie de rire et de pleurer. Comme si tracer une croix suffisait.

Les jours s'écoulent. Heureux. Paisibles. Paul n'a pas revu Joseph et il commence déjà à l'oublier. C'est une chose qu'il sait très bien faire. Paul a passé son existence à se tenir sur la nuque de l'oubli.

Villas de caractère en granit et toits d'ardoises fines, jardinets clos, patios fleuris, vues panoramiques sur la Manche, le quartier de la mère n'a guère changé si ce n'est que l'impasse paraît encore plus calme qu'avant. Le chien de la vieille Charreton et ses aboiements incessants ont disparu mais la voisine, avec ses petits yeux de rat et ses touffes de cheveux filasse collées sur le crâne, est toujours là, à épier les gens.

Les enfants et les adolescents ont grandi et quitté la petite ville pour faire des études puis s'installer ailleurs. On est en 2003 et depuis l'euro, la hausse de l'immobilier tient la jeunesse à distance. Il n'y a qu'une seule famille avec des petits qui braillent autour d'une piscine. Des ingénieurs qui ont emménagé dans la maison des Vialatte. Ces derniers sont repartis au Pays basque, dans leur région d'origine.

Après les obsèques de Richard, Francis Vialatte avait mis en vente sa boutique d'électroménager. La vieille Charreton avait dit un jour que la mère de Richard ne supportait plus de voir les jeunes du coin continuer à s'amuser tandis que son fils unique se trouvait compacté dans une urne froide.

Paul n'a jamais parlé à quiconque de ce 14 juillet sur la petite plage de la pinède, mais malgré ça, cette nuit revient sans cesse le tourmenter et il garde dans les nervures de sa mémoire une odeur d'infamie. Il a d'ailleurs vraiment hésité à passer l'été ici, dans cette station balnéaire où les choses ont été si douloureuses pour lui. Mais une fois encore, Ana avait insisté. Il y avait d'abord l'envie sincère d'aider sa belle-mère qui est beaucoup plus dépendante depuis son accident, et puis bien sûr, il y avait aussi cette possibilité d'être logé gratis, à deux pas des plages, le temps de la construction de leur maison.

— Tu es un enfant gâté, Paul. On ne peut pas dire qu'on gagne lourd dans l'Éducation nationale et toi, tu fais le fier. Je sais que ça n'a pas toujours été l'entente parfaite avec ta mère, mais je crois que Blanche ne demande qu'à nous rendre service. Et, comme on dit, de l'eau a coulé sous les ponts.

Paul avait cédé.

Il y a encore peu de temps, il lui arrivait même de se demander si Joseph Kahn avait vraiment existé.

Le ventre d'Ana qui s'arrondit, ses joues pleines, le temps qu'elle passe à noter sur un petit cahier des idées de prénom, des listes de jouets d'éveil, de recettes au Babycook. Depuis le début de l'été, Paul se concentre sur son bonheur parfait.

Sa femme dessine beaucoup aussi. Son carnet de croquis est plein de roses trémières, de genêts, d'arbres à soie et d'agapanthes tout juste déployées. Ana est une Parisienne qui n'a jamais connu que la nature clôturée des parcs et des avenues. Ana s'émerveille d'un rien. Ana est la joie.

Le matin, avant que le soleil ne tape trop fort et que les tondeuses ne vrombissent, elle se lève très tôt pour pouvoir fouler pieds nus l'herbe mouillée et prendre son petit déjeuner sur la terrasse, au milieu des roses. À Paul, elle a avoué hier qu'elle adorait regarder les mains de la mère, leurs sillons, leur peau durcie par les heures passées à désherber ses beaux massifs ou à bêcher le potager. Des mains comme les siennes, ça la bouleverse.

Malgré ses difficultés à marcher, Blanche Daumas s'obstine encore à tailler ses rosiers et à soigner elle-même ses plantations. Quand Tony, le jardinier, se charge du reste deux fois par semaine, la mère se poste sur une chaise avec lui et elle parle greffe, bouture et semis. Cela peut durer des heures. Paul a l'impression que ces conversations botaniques blondissent un peu son visage terne. Il la voit même rire parfois.

Et ça lui fait du bien, à Paul, de la voir rire, la mère. Blanche Daumas a à peine cinquante-cinq ans et on pourrait croire qu'elle en a mille. La pauvre femme n'a pas été épargnée. Un destin au-dessus de ses forces, des années passées à tenter d'esquiver les flèches des autres femmes. De repli en repli, se chercher un nouvel abri. Chaque fois plus minuscule.

Elle a tellement attendu, Blanche.

Elle s'est tellement trompée.

Et maintenant, la voilà toute seule dans sa grande maison à tourelle, son joli buste de princesse posé sur deux petites jambes fanées. Elle avait pourtant la fougue et la beauté, mais un mauvais choix en a entraîné tant d'autres. Et ce mauvais choix, c'était le père. À Paul, il arrive de penser que l'amour choisit notre vie pour nous.

Ana le trouve beau. Les autres femmes aussi le trouvent beau. Paul l'a compris il y a déjà quelques années : il possède l'allure, la prestance du père. De celles qui font venir la salive aux lèvres. Mais cette ressemblance n'est que physique. Paul n'est pas un homme volage, il a besoin de s'ancrer dans les mêmes bras que la veille. C'est un mari attentionné. Il n'a rien à voir avec Charles. Et lorsque Ana lui annonce un soir de mars qu'elle est enceinte, ça lui saute aux yeux. La malédiction est rompue. Ana et leur futur enfant surgissent comme des évidences qui balaient une inaptitude au bonheur conjugal que Paul avait prise à tort pour une religion familiale.

Paul peut au moins remercier Charles pour une chose : en envoyant son fils en internat loin des Cormières, celui-ci a fait peau neuve. La thérapie entamée avec le docteur au pull jaune l'a aidé à construire le nouveau Paul et il a passé la majeure partie de son temps à éviter l'ancien. Il s'est transformé en un gars plus sociable, presque un mec cool. Au lycée Jeanne d'Arc, c'était aussi plus facile et même valorisant d'être un excellent élève. On enviait celui qui avait les meilleures notes et les meilleures lectures. Là-bas, être l'intello de la classe ressemblait davantage à un compliment qu'à une insulte.

Peu à peu, Paul s'est intégré. Au début, cela n'a pas été évident. Il se méfiait de tout et de tous. Il a fallu poursuivre la rééducation, réapprendre à serrer des mains, à rire, à se dire. À faire confiance. Ne plus percevoir la sonnerie du matin comme un glas, les pas dans les couloirs comme des menaces et, debout face aux pissotières du lycée, ne plus se rappeler le bruit sourd de son crâne cogné contre l'émail.

Peu à peu, Paul a essayé d'être et de faire comme les autres. Trouver son bonheur dans une bande de bons copains, une belle musique à la mode, une bonne cuite, une belle paire de seins. En première et en terminale littéraire, il a même réussi à en tripoter quelques-uns. Il peut bien avouer qu'ils étaient seulement trois garçons dans la classe et que certaines de leurs camarades n'étaient pas farouches.

Il n'y avait que pour Cécile qu'il était triste. Il imaginait le manque et la peur crevant sa jolie peau d'enfant, sa jeunesse fêlée, épuisée par un quotidien sans joie. Que deviendrait-elle sans son grand frère, sans sa protection de gardien, sans le refuge de leur *cité des trésors* ? Comment grandirait-elle ?

Il lui avait d'abord écrit et téléphoné chaque semaine. Et puis il l'avait fait de moins en moins. Lors de ses retours mensuels aux Cormières, il la trouvait chaque fois plus distante et plus fade. Lorsqu'il lui racontait ses aventures de lycéen, elle ne réagissait pas comme il l'aurait voulu. Elle n'était plus sa disciple. Elle s'attachait les cheveux, enfilait des vêtements stricts, se terrait dans sa chambre face à l'écran de télé. Elle ressemblait de plus en plus à Blanche. Un réservoir de rien, un filet de vent. Impalpable, insaisissable. Les mois passant, Paul avait rejoint les bruits du monde et délaissé Cécile et ses ornières de silence.

Elle était allemande et s'appelait Inga. Ils avaient tous deux vingt ans et suivaient le même cours de danse de salon. Inga était également la seule fille sans gaine ni bas à varice qui participait. Cette fille ne lui faisait pas peur, ses yeux reflétaient une lumière rassurante, une brillance sur laquelle on s'appuie.

Avec elle, Paul avait fait l'amour pour la première fois. C'était dans sa petite chambre de cité U, en revenant d'un concours de danse où ils avaient été classés seconds, juste après un couple de sexagénaires qui faisait du cha-cha en costume à paillettes. Pour fêter ça, ils avaient bu des shots de vodka cerise sur son petit bureau d'étudiante. Ça n'avait pas duré longtemps, mais ces quelques minutes de douce fureur avaient réussi à dénouer le désir. Et à laver Paul du drôle de garçon.

Inga était venue quelques fois chez les parents, le week-end. Charles et Cécile vivaient encore aux Cormières. C'était avant que la petite sœur ne parte faire ses gosses avec son cul-terreux. C'était aussi avant que Charles ne quitte la mère. Paul croit que cette hétérosexualité affichée avait rassuré tout le monde.

— Ce sera plus facile pour toi, avait lâché la mère.
Le père n'avait rien dit.

À la fin de l'année universitaire, Inga était sortie de sa vie comme elle y était venue. Naturellement et sans beaucoup de peine. Après elle, d'autres jeunes femmes avaient suivi. Chaque fois, des possibles, des lueurs. Pour stopper la soif, laper un peu de leur douceur. Étouffer le passé sous des lèvres pleines et désirantes. Se prouver qu'on est un homme. Un vrai.

Il ne sait pas si durant ces années loin des Cormières, il a été heureux, mais aujourd'hui, Paul ne se sent plus malheureux et surtout il s'est peu à peu trouvé une place. S'il a dû quitter une part de lui-même pour ressembler aux autres, il ne le regrette pas. C'est trop fatigant de n'avoir ni branches ni racines. Dans l'existence, il faut parfois faire table rase de sa propre histoire pour pouvoir devenir quelqu'un, rejoindre une vie qui attend.

Avant Inga, Paul avait connu un autre garçon. Andréa. Ce dernier l'avait embrassé alors qu'ils sortaient du cinéma. Ils venaient de voir *Tuer n'est pas jouer*, le dernier James Bond. Andréa était beau comme un poète. Long, fin, les cheveux évanescents. Séduisant. Pourtant, lorsqu'il avait enfoncé sa langue dans la bouche de Paul, celui-ci avait eu une sorte de haut-le-cœur. Paul se souvient encore de son haleine tiède et surtout de cette langue d'homme, cette langue épaisse qui se ficelait à la sienne. L'adolescent avait fui.

Quelque temps après, il était allé dans une boîte gay. Il voulait savoir, ressentir. Pendant des heures, sous les spots clignotants et la musique de dance-floor, il avait regardé. Les yeux qui poussent des cris, les lèvres qui se happent. Les torses fondus les uns aux autres. Toute la nuit, Paul avait dansé au milieu d'eux, frottant sa chair et ses arômes contre les leurs. Mais il n'avait pas eu envie de ces hommes, il n'avait pas senti la tension dans le corps, la faim de peau qui prend et submerge. Il n'y avait eu que l'eau glacée dans les veines et, comme avec le poète aux cheveux évanescents, un dégoût. Contrairement à ce qu'il croyait, Paul n'aimait pas les garçons. Il n'avait aimé que Joseph Kahn.

— Ce n'est pas grand-chose, tu sais. Mais, il faut bien commencer à l'habiller, ce petit trésor. Il faut toujours un début, dit-elle en lui confiant le paquet Jacadi emballé dans du papier de soie.

Paul remercie la mère et sourit. Blanche a raison : il s'agit bien d'un commencement, oui, mais pas seulement celui d'un trousseau pour son bébé. C'est aussi un début pour lui, en tant qu'homme, en tant que père. Les prémisses déjà d'un nouveau socle. Encore plus beau, encore plus fort. Avec cet enfant à naître mais surtout avec Ana.

Paul est convaincu qu'écrire cette nouvelle histoire à trois sera apaisant et joyeux. Il faut dire que depuis leur rencontre, chaque étape passée avec Ana a sonné comme une rémission. Elle rassure Paul. Honnête, loyale et généreuse, la jeune femme aime que les choses et les gens soient comme elle. Simples et sincères. On dit souvent d'Ana qu'elle est une personne de principes. Pour un petit garçon élevé dans les égoïsmes et les errements conjugaux de ses parents, ces valeurs sont, par contraste, un irrésistible cocon.

Ils sont à table et la journée a été très chaude. Ça sent la saucisse grillée aux herbes et les vins de Provence. Blanche a mis en route la plancha. Cécile, son mari et leurs filles étaient prévus pour le dîner, mais ils ont décliné l'invitation au dernier moment. Ce n'est pas la première fois. Paul sait pertinemment que, depuis son retour ici, sa sœur l'évite.

Ils s'apprêtent désormais à prendre l'apéritif, mais le ciel se barbouille peu à peu de reflets cuivrés et de nuages noirs. Au loin, Paul peut voir l'eau qui s'agite, il entend presque le fracas des vagues. La pluie griffe d'un coup les vitres de la véranda. Le vent redouble d'animosité, le parasol et les chaises longues oubliées roulent dans l'herbe. Des trombes d'eau gonflent bientôt la terre.

Réfugiés dans la maison, Ana, Paul et Blanche assistent à un spectacle tout à la fois grandiose et effrayant. Sans trêve, les éclairs retentissent et se succèdent. Le tonnerre fait penser à un écho de montagne tant il est bruyant. À la fenêtre, on ne distingue bientôt plus qu'un fourmillement d'objets qui tressautent et se laissent quelquefois emporter par les rafales. De l'étage, Paul regarde la mer se rouler dans les amas d'écume, ses flancs battus contre les brisants, retombant ensuite loin devant, sur le sentier pédestre. En l'espace d'un instant, le ciel se mue en une sorte d'obscurité lumineuse. La main d'Ana se fige dans la sienne.

Et puis survient parfois un événement. Sur le moment, son motif peut nous sembler dénué de sens. C'est le hasard ou la fatalité, voilà tout. Pourtant, quelques semaines, quelques mois ou plus souvent quelques années après, on se dit qu'il y avait un motif secret, une raison évidente pour qu'un événement pareil s'adresse à nous en particulier.

La tempête sera classée catastrophe naturelle. Aux informations régionales, on annonce que cela permettra de déclencher les assurances plus rapidement. La foudre a frappé le toit de la maison à tourelle, de nombreuses tuiles ont été arrachées. Le fils d'un des voisins est couvreur et il vient de passer. Il est monté sur le toit et, quand il est redescendu, il a expliqué à Blanche qu'en attendant de pouvoir refaire la partie dénudée de la toiture, il allait la bâcher. Par contre, la charpente est un peu endommagée, l'œuvre sans doute d'insectes xylophages. Il pense que les infiltrations d'eau l'ont peut-être encore fragilisée. Il faudra vérifier, ne pas tarder à trouver un charpentier. Il donne plusieurs noms. Celui de Joseph Kahn est dans la liste. Son atelier se trouve seulement à une dizaine de kilomètres, sur la D7.

Les charpentiers du coin sont tous aux abonnés absents. Trop de travail, ont-ils prétexté. La tempête a été dévastatrice et Blanche n'est pas la seule à chercher un artisan pour réparer les dégâts. Ana suggère de contacter Joseph.

— Je ne comprends pas que vous ne l'ayez pas déjà fait. Il a été l'ami de votre fils, il devrait pouvoir vous rendre service, insiste-t-elle.

La mère ne répond rien et quitte la pièce. Ana prend ce silence pour un assentiment.

Quelques minutes plus tard, la jeune femme essaie de lui téléphoner, mais Joseph est injoignable. Paul se dit que sur ce point, au moins, il n'a pas changé. Agacée, Ana finit par charger son mari d'aller le trouver en chair et en os dans son atelier.

— Ça nous fera une occasion de le revoir, je l'avais trouvé charmant le soir de notre mariage.

Un sourire échappe à Paul.

Une demi-heure après, il se promène sur la jetée. La grève est jonchée de bois morts. Son sourire a bien vite laissé place au vertige, et entre la rumeur des vagues et le râle du vent, il traque la moindre parcelle d'oxygène pour desserrer l'étau de sa poitrine.

La porte de son atelier est ouverte et, au loin, la voix de Joseph l'invite à entrer.

Paul est à rebours d'un passé qu'il avait cru pouvoir enfouir très profondément, mais il ne lui faut que le son de cette voix rauque pour le reprendre en pleine face. Mains moites, plexus serré, vision floue, Paul a peur de pénétrer dans cet entrepôt. Il a peur de remuer la poussière.

Dehors, des planches de diverses essences sont stockées. Sapin, hêtre, chêne. Il y en a de toutes les tailles. Ça sent bon, comme une odeur de vin. Elles sèchent à l'air en attendant sans doute qu'on leur trouve une fonction. Son visage penché sur une planche sale, Joseph en nettoie chaque face à l'aide d'un peu d'air comprimé. Ses gestes sont délicats, un peu maniérés. Quand il aperçoit Paul, il lui fait signe d'approcher, mais il ne dit rien et persévère dans son ouvrage. Paul comprend qu'il devra attendre.

Il se sent tout petit au milieu de ces longues planches, ces machines-outils et ces poutres. Assis sur un tabouret à quelques mètres, il observe les gestes de Joseph Kahn, ses gestes de charpentier, des mouvements que Paul sent maîtrisés, intériorisés. À trente-quatre ans, Joseph a déjà de longues années d'expérience, il a derrière lui tout un répertoire de techniques. Il lui dira plus tard que sept années lui auront été nécessaires pour être reçu compagnon par une société compagnonnique. Savoir bien séquencer les opérations, connaître les règles de bonne construction, les routines, anticiper, organiser les différentes phases. Chaque étape ayant des effets importants sur les suivantes.

Paul se lève et passe sa main sur l'une des planches. Celle-ci dégage un parfum très marqué.

— C'est du chêne fraîchement coupé, explique Joseph.

Il ajoute qu'il l'a réservé pour un chantier d'exception. Ce bois est très dense, très résistant, et il l'utilise pour quelques pièces verticales. Il dit aussi qu'il a plus l'habitude de travailler les résineux, bien meilleur marché.

Tout en déambulant, Paul continue de caresser les différents morceaux de bois alentour. Tandis qu'il est en train de toucher du pin, Joseph l'avertit :

— Ces échardes ont la fâcheuse tendance à se planter dans la paume et à s'y briser. Je t'aurai prévenu…

Paul s'arrête net. Joseph rit avec exagération et laisse là son ouvrage.

Il lui promet de passer le soir même. Paul le remercie.

— C'est normal, répond Joseph.

Par politesse, Paul lui demande des nouvelles de sa famille et Joseph lui apprend que Yaïr vit toujours à Toronto, qu'ils ont coupé les ponts. Iris, elle, est restée près d'ici. Un deux-pièces tout confort, dans un petit bled. Elle a toujours ses problèmes de dos et c'est d'ailleurs pour se rapprocher d'elle que Joseph est revenu dans la région l'an dernier. Après son tour de France chez les Compagnons, il s'était installé à Bordeaux quelques années et il avait finalement eu l'opportunité de travailler pour un charpentier du coin, ancien compagnon lui aussi et Meilleur Ouvrier de France.

— Je voulais être plus présent pour elle et j'avais aussi besoin de me poser, de changer d'air, dit-il. Je travaillais trop, je commençais à fatiguer. Et toi, Paul ?

— Quoi, moi ?

— C'est drôle que t'aies choisi d'enseigner à des mômes handicapés. C'est vrai, je dois reconnaître que ça m'surprend. C'est un beau métier.

Paul pense que Joseph a raison d'être surpris. Quand il l'a connu, Paul n'avait pas cette vocation. Pas du tout. Il voulait être un grand pianiste.

S'en souvient-il au moins ?

Mais voilà, tout a changé.

Alors oui, désormais, Paul est loin de ces rêves. Il a fait d'autres choix. Travailler avec des enfants un peu étranges, des mômes qui ne ressemblent à personne. Et même qui ne trompent personne.

— Et puis, tu sais Joseph, ces gamins quand ils donnent, ils le font entièrement. Ils ne fuient pas.

Quand Paul dit ça, les yeux de Joseph s'inclinent vers le sol et il n'ajoute rien.

Paul voudrait ouvrir son silence.

Joseph finit par s'excuser de ne pouvoir rester avec Paul plus longtemps, il a un rendez-vous.

— À ce soir, lui dit-il.

Malgré lui, ces trois mots ordinaires nimbent Paul d'une peur aux contours flous.

Joseph se veut rassurant.

— Il y a une légère déformation au niveau du faîtage. C'est le capricorne, un traitement chimique suffira. Ce n'est pas de mon ressort. Il faudra contacter une entreprise spécialisée.

La mère veut le payer pour le déplacement mais il refuse.

Elle insiste.

En vain.

Ana le remercie et l'invite à prendre un verre.

— C'est bien la moindre des choses. Allons bon... Même si je suis enceinte, j'ai encore le droit de préparer l'apéritif pour un vieil ami de mon mari !

La femme de Paul rit aux éclats et met tout le monde mal à l'aise.

Peu après, Ana et la mère préparent les toasts dans la cuisine. Paul et Joseph sont assis autour de la petite table en verre du salon, la même que celle sur laquelle ils dégustaient des glaces à la pêche, tous les trois avec Cécile, presque vingt ans auparavant.

Paul ne sait pas quoi dire.

Il ne trouve rien à quoi se raccrocher, se contente d'attendre que le temps s'égrène. Pourquoi a-t-il obéi à Ana et repris contact ? Et pourquoi Joseph a-t-il renchéri en acceptant l'invitation d'Ana ? Lui aussi, finalement, il semble gêné d'être là. Paul et Joseph ressemblent à deux funambules.

En renversant le plateau de coupes sur le pantalon de son invité, c'est Ana qui les rattrape au vol. Elle est tellement désolée, Paul remarque même des larmes qui éclosent sous ses paupières. En ce moment, Ana est très émotive. Les hormones, paraît-il.

Joseph sourit à la jeune femme et la prie de ne pas s'inquiéter.

— Ce n'est rien, voyons. Le champagne, ça ne tache pas.

Ana suggère qu'il la suive à l'étage, elle va lui dégoter de quoi se changer.

Paul les entend rire d'en bas, il trouve qu'ils sont longs. La mère boit son Coca d'ancienne alcoolique sans dire un mot.

Lorsqu'ils redescendent, Ana informe son mari qu'elle a proposé à Joseph de dîner avec eux.

— Cela permettra à son pantalon de sécher et puis ça me fait plaisir.

Les pizzas viennent d'arriver, la conversation tourne autour des travaux à Cesson-Sévigné. Paul et Ana vont bientôt réaliser une terrasse en bois sur le versant sud de leur future maison et la jeune femme profite de la présence de Joseph pour lui demander conseil. Elle ne sait pas encore quelle essence de bois choisir. Ce choix varie beaucoup selon les usages, lui explique Joseph, mais il doit bien avouer que le Red Cedar a sa préférence. Il apprécie sa teinte rosée qui, avec les années, vire au gris. Son parfum d'épices aussi.

— Mais ce n'est pas ça le plus important, indique-t-il. Ce qui compte, c'est la stabilité du bois. Il faut toujours que le cœur soit orienté vers le haut : une terrasse en bois pourrait très vite se creuser si son cœur était tourné vers le sol. Je crois que c'est comme dans l'existence, au fond… Il faut toujours avoir le cœur au soleil !

Joseph s'étire le dos, le sourire satisfait. Le travail du bois cambre ses mots d'une poésie que Paul ne lui connaissait pas.

Lorsque Joseph quitte la maison, Ana ne tarit pas d'éloges sur lui. Elle l'a trouvé fascinant. C'est vrai, il y a tant de noblesse à travailler le bois. Et puis ce rapport à la matière se tient si éloigné de l'époque, de sa frénésie, de son amnésie sans cesse renouvelée et assumée. S'appuyer sur des savoirs ancestraux, ne pas se sentir obligé d'aller de l'avant, ne pas renier par principe les techniques des générations précédentes : comme il doit être doux et signifiant de vivre dans ce royaume du savoir-faire et de l'excellence, dans l'antre secret de ceux qui bâtissent et s'inscrivent dans un temps qui les dépassera.

— C'est dommage, marmonne-t-elle, que tu m'aies caché un type pareil.

9 juillet 2003

Paul jette un coup d'œil dans le rétroviseur central et termine sa manœuvre. Au même moment, il sent dans la gorge des mots qui s'agglutinent, ceux du passé et ceux qui n'existent pas encore. Ce sera la dernière fois. Oui, la dernière fois qu'il le verra.

Il lui tend le pantalon. Joseph l'avait oublié quand il est parti, le soir du champagne renversé. Ana a demandé à son mari de le lui rapporter. Elle l'a passé en machine et s'est félicitée d'en avoir ôté les taches.

Ils partagent une cigarette.

Paul retrouve le plissement des yeux, le rictus de la bouche lorsqu'il recrache doucement la fumée. Comme le jour du mariage, Joseph a toujours ce léger trait de crayon à l'intérieur de l'œil.

Ils discutent simplement. Dans son jargon d'artisan, Joseph explique à Paul deux ou trois choses un peu techniques.

Échantignolle, bisaiguë, noue, varlope…

Il sourit.

Lui concède qu'au début, ces mots lui faisaient l'effet d'une langue étrangère et puis, au fil des mois et des années, il avait saisi combien ils lui seraient indispensables. Pour le charpentier qu'il est devenu, les mots sont comme les outils qu'ils caractérisent, ils possèdent une valeur sacrée. Prolongement de sa main, ils lui permettent de rentrer en contact avec le cœur de la matière et chacun d'eux le fait différemment. L'un peut, par exemple, en éprouver la résistance quand l'autre explore sa souplesse.

— Marteau, scie, serre-joint, ciseaux à bois : chaque outil est, dit-il, une autre façon de ressentir le monde.

Paul voudrait capturer sa voix qui tremble et parfois trébuche, la garder intacte, cette émotion qui traverse son souffle. En lui décrivant son art et l'horizon qu'il lui a ouvert, c'est son âme que Joseph met à nu. Il donne à voir au-delà de l'écorce, le laisse suivre et pénétrer les traces de l'homme qu'il est aujourd'hui, de ce qui l'a façonné. Et Paul aime et déteste déjà s'y engouffrer.

Paul ne sait pas pourquoi ils se parlent tous les deux, pourquoi Joseph se livre ainsi, tant d'années après. Tout ça n'est pas normal. Ils ne devraient pas être ici, l'un en face de l'autre, à converser comme deux vieux amis qui se seraient perdus de vue sans raison.

Ce n'était pas sans raison.

Comme il le faisait déjà vingt ans auparavant, Joseph se raconte. Il parle encore et encore et Paul devient soluble dans ses paroles. Ce ne sont plus que des lambeaux de phrases, un lacis de mots entortillés, presque un ronronnement, et tout ce qui préoccupe Paul sur le moment, c'est de rester sur la ligne. Ne pas penser combien une vie bordée à ses lèvres serait délicieuse.

Surtout ne pas y penser.

Paul tente de détendre ses muscles mais c'est impossible.

Il serre les dents.

Pourtant, il va bien falloir qu'il s'habitue à lui. Dans quelques jours, il passera chez la mère. Une histoire de vieux confiturier à poncer et à vernir. Joseph l'avait promis à Ana, le soir où il est venu boire le champagne aux Cormières.

De retour chez Blanche, Paul pose ses doigts sur les touches du Bechstein et les notes écoulent leur baume sur ses inquiétudes. Elles le raccrochent à la permanence des choses, le nouent aux fondations qui font sa vie avec Ana et ce bébé à naître. Prisonniers de la musique de Schubert, les possibles avec Joseph se diluent jusqu'à s'évanouir.

Les yeux d'Ana pèsent sur sa nuque. Ana aime quand Paul se met au piano, elle dit c'est si beau. Elle aussi aurait aimé savoir faire jouer ses mains sur l'instrument mais elle n'en a pas eu l'occasion. Ana a été une adolescente sportive. Pendant des années. Nulle place pour autre chose que la gymnastique.

Paul se souvient, il y a trois ans déjà. Tous deux seuls dans la salle des maîtres à faire des photocopies. Ana venait d'être nommée dans son école et leurs deux classes se faisaient face. Ils apprenaient à se connaître. Paul l'aimait bien, cette fille ; quelque chose en elle lui faisait penser à la princesse au petit pois. Sa silhouette grêle, sa peau fine, ses longs cils peignés, ses cheveux blonds et mous, presque blancs. Elle était très belle et délicate.

Ce jour-là, la conversation avait glissé sur leurs loisirs. Paul lui avait raconté qu'il adorait randonner, lire.

— J'aime aussi danser le mambo, le rock. Et même le cha-cha.

— Eh bien, toi au moins, tu es un original ! s'était exclamé Ana.

Paul lui avait parlé de son goût récent pour les *Gymnopédies* qu'il jouait souvent le soir, en rentrant de la classe.

— Une façon de me détendre après le bruit et l'agitation du jour, lui avait-il confié.

De fil en aiguille, il en était arrivé à évoquer ses années d'apprentissage du piano et son ancienne vocation de pianiste.

— Si tu savais comme ma mère a été déçue quand, en seconde, j'ai décidé d'arrêter le conservatoire. Mais voilà, je n'y arrivais plus. Les auditions face aux jurys, la pression. Je n'étais pas fait pour ça. Je n'avais pas les épaules.

— Ah… La poitrine qui bat à tout rompre, la respiration qu'on retient avant de s'élancer… Je vois que nous avons joué nos adolescences dans la même cour !

À son tour, Ana s'était livrée. Elle lui avait dépeint les centaines d'heures à répéter les mêmes enchaînements, avait décrit les compétitions. Talc qui crisse sous les mains, vrille et salto sur la poutre, peur panique d'un orteil qui mordrait la bande. Et puis surtout, elle lui avait brouillonné un corps. Son corps frêle de dix-sept ans qui, à force d'être utilisé comme un balancier entre deux barres asymétriques, était déjà tout tordu. Elle se rappelait encore les bleus tatoués sur la peau, les muscles qui font mal. Les tendons qui menacent de claquer. L'absence de menstruations.

— Du jour au lendemain, j'ai dû tout arrêter. Le médecin avait prévenu mes parents, je risquais l'accident. Et maintenant, si ce n'est quelques coupes et médailles exposées dans une étagère, il ne me reste plus rien de ma vie de gymnaste. Si tu me voyais aujourd'hui... Je ne suis même plus capable de faire un grand écart ! C'est pitoyable !

— C'est vrai que c'est la première chose qu'on se dit quand on te regarde, Ana ! Cette fille-là est incapable de faire un grand écart... avait-il plaisanté.

Ana avait d'abord éclaté de rire. Puis elle s'était rembrunie.

— Plus sérieusement, quand je regarde les épreuves de gym à la télé, je sens toujours un truc, là dans l'estomac. Une sorte de convulsion irrésistible. Laide, idiote.

Avec sa main, la jeune institutrice avait aussitôt esquissé un geste d'excuse. Ana avait honte de cette aigreur. Elle avait honte devant Paul qui, lui, paraissait si fort, si détaché des échecs et des renoncements de sa jeunesse.

Car Ana ne savait pas.

Elle ne savait rien de Paul, de son chemin de croix, des années de thérapie pour faire renaître le plaisir. Celui de la danse d'abord. Plus tard celui du piano. Mais Paul n'avait rien dit, il s'était contenté de tenter un grand écart sur le carrelage de la salle des maîtres en pouffant.

Elle aussi, elle avait ri. Et dans le même mouvement, il y avait eu ce petit pli formé sur sa joue droite, près de la commissure de ses lèvres. Ce petit pli, Paul l'avait trouvé joli et touchant. Il lui rappelait un peu la fossette du drôle de garçon.

Ce jour-là, dans le bourdonnement de la photocopieuse, Paul était tombé amoureux d'Ana. Amoureux d'Ana et de ce petit pli sur la joue qui, sans qu'elle le sache, ne lui appartenait déjà plus tout à fait.

Paul s'est arrangé : il ne sera pas présent lorsque Joseph viendra pour le meuble à restaurer. Il a prétexté un rendez-vous sur le chantier à Cesson avec le constructeur de leur maison. Ana pense qu'il aurait pu mieux s'organiser. Elle ne le sait pas mais, ce jour-là, Paul fera des allées et venues sur la dalle bétonnée en attendant que le temps s'évapore.

Ana ne saisit pas pourquoi son époux ne fait pas plus d'effort pour renouer avec Joseph Kahn. Dans cette petite ville, elle ne connaît que sa belle-mère et fréquenter d'autres personnes ne lui déplairait pas. Paul doit bien voir que, depuis leur arrivée aux Cormières, les amis de Rennes lui manquent. Quand Ana ne lit pas les ouvrages de Laurence Pernoud sur la grossesse ou l'éducation des enfants, elle déroule une bonne partie de ses journées l'oreille greffée à son téléphone. La femme de Paul n'est pas comme lui, elle déteste la solitude. Elle a besoin de se remplir des autres.

Pourtant, lorsqu'ils vivaient à Rennes, son mari n'était pas un solitaire. Loin de là. Comment se fait-il qu'il n'ait gardé aucun contact dans sa ville natale ? Il faut dire qu'Ana ignore tout de cette soirée chez Isabelle et de la nuit dans la pinède, elle ignore tout de cette année 1984. Ces vieilles et sordides histoires sont derrière lui, il n'y a pas de raison d'en parler. De toute façon, aujourd'hui, Paul se sent plus fort. C'est comme si cette expérience lui avait permis d'être plus ouvert au monde. Non pas qu'il souhaite à quiconque de vivre une situation aussi douloureuse, mais il croit qu'elle lui a apporté un autre regard et une autre voix.

Dans les écoles où Paul a travaillé, il a eu de nombreuses occasions d'enseigner à des enfants dits différents. Des autistes, des dyslexiques, dyscalculiques, dysgraphiques, dyspraxiques, des trisomiques. Et bien sûr des enfants qu'on juge tout simplement inadaptés à la norme scolaire et sociétale, juste parce qu'ils sont un peu empotés ou trop bruyants. Chaque fois, il a eu envie de s'adresser à eux. Et puis, il n'y a rien qui lui ait donné plus de force que de s'occuper des autres, de se consacrer à ces enfants qui bougent ou parlent ou écrivent ou calculent ou pensent bizarrement. Depuis le début de sa carrière, l'instituteur spécialisé se sent d'emblée en intimité avec ces mômes-là, il veut être le dépositaire de leurs combats et de leurs talents. Les yeux rivés sur leur présent et surtout sur leur avenir, il s'efforce de leur montrer qu'il n'y a que des itinéraires singuliers, que la norme n'est qu'une invention destinée à privilégier un groupe d'individus sur tous les autres, que tout ça ne mène nulle part, si ce n'est vers la violence et le néant. Parce qu'il l'a compris : une norme, ça se crée par inadvertance. Ça n'a pas de réelle nécessité. Et même, ça peut être ce qu'il y a de plus minable.

Au fond, c'est juste un nombre.

Le plus grand nombre.

Le soir, à table, Ana dénoue ses cheveux fins et les laisse tomber sur ses épaules.

— J'étais sûre que cette idée te ferait plaisir, mon chéri, s'enthousiasme-t-elle.

Quelques heures auparavant, c'est elle qui a accueilli Joseph à la maison quand il a redéposé le confiturier, réparé et repeint par ses soins. Une fois de plus, Paul avait fait en sorte de ne pas le croiser.

Autour d'un café, ils avaient parlé nature, marche, se perdre en forêt, camper. Ana avait même noté quelques itinéraires de randonnée sur son carnet, des idées de sorties un peu insolites aussi.

Le week-end prochain, Joseph prévoyait justement d'aller rejoindre un ami vétérinaire qui, durant l'été, était soigneur dans un parc zoologique, pas très loin. À une demi-heure, par l'autoroute. Un genre de parc à safari, avec cent vingt espèces d'animaux. Des zèbres, des gnous, des girafes, des lions, des rhinocéros.

— Ça serait amusant d'y aller ensemble, avait-il lâché.

La date est arrêtée. Ce sera les 11 et 12 août.

Chaque jour qui suit la réservation du *bivouac safari*, Paul se rend sur le chantier à Cesson pour superviser les ouvriers qui travaillent sous un soleil de plomb. Il passe aussi du temps à dessiner des plans de cuisine et de salle de bains en trois dimensions, visite les magasins d'électroménager, prend des mesures, fait des calculs, des prévisions. Sa femme trouve qu'il a changé, qu'il paraît plus solide, plus responsable. Ce doit être le fait de bientôt devenir père, pense-t-elle.

Mais Ana se trompe.

Édifier une maison, débattre sur la couleur des rideaux, le choix d'un lave-vaisselle ou l'emplacement d'une commode sont des manières de rendre leur mariage concret, de s'y ancrer. Du matériel contre de l'organique.

La jeune femme ne sait pas que c'est du temps déguisé, que son époux est en train de leur ériger des barricades, que dans ses nuits il lui cache un territoire entier. Paul est en train de réaliser avec douleur qu'il est faux de dire que le passé, c'est le passé. En réalité, les souvenirs contiennent déjà l'avenir ; ils s'y diluent et, de leurs yeux rouges et mouillés, le colorent. L'avenir n'est pas une page blanche.

Dans les nuits de Paul, il y a la bouche de Joseph qui pleure sur son sexe, un soir de 14 juillet.

Et parfois, quand il se réveille, Paul a peur d'avoir encore quinze ans.

Le 4 × 4 brinquebale sur une route défoncée et ils admirent des girafes au loin. La situation est tellement étrange, artificielle. Paul se croirait dans une sorte de Disneyland africain. C'est pathétique.

Pourtant il est bien là, jouant la comédie. Euphorique. Tentant de faire de lui quelqu'un de neuf et sans lien avec sa propre histoire. Ses mains posées sur le ventre rond de son épouse, à la frontière entre le passé et l'avenir, Paul se trouve dans une sorte de flou inconsistant.

Ana, quant à elle, boit du petit-lait. Elle est fière d'avoir organisé ce week-end avec Joseph et son ami vétérinaire. Joachim est un être jovial et intéressant. Il leur parle des animaux, de leurs noms scientifiques, de leurs particularités, des soins qu'il leur prodigue depuis le début de sa mission ici. Il est aussi très beau. Grand, brun, solide, la mâchoire carrée et le front haut, il dégage à la fois une virilité de rugbyman et une sorte de grâce naturelle.

Qui est-il pour Joseph ?
Un ami ?
Un amant ?

En fin d'après-midi, tandis que Joseph les conduit en voiture vers le restaurant du parc, Paul surprend les doigts larges de Joachim occupés à lui caresser doucement le bras. Cela dure une poignée de secondes, mais voyant à travers le rétroviseur que Paul a remarqué ce geste, Joseph se met à le fixer. Son regard si singulier à l'affût du sien.

Paul baisse les yeux et tourne la tête pour embrasser le cou de sa femme.

Ils ont dîné d'un repas à l'africaine. Un nyama choma, le plat national kenyan. Des morceaux de chèvre passés au barbecue et accompagnés de matoke, maïs et bananes plantains.

Le soir tombe mais la chaleur s'attarde encore. Assis tous les quatre sur l'herbe, ils se sentent dépaysés et épuisés. À seulement quelques mètres de leurs deux tentes, un troupeau de gnous paît tranquillement. Ana est rouge écarlate. Tout l'après-midi, le ciel est resté voilé et elle a oublié de mettre de la crème solaire sur sa peau laiteuse.

— Je me suis fait avoir, grogne-t-elle.

La jeune femme sort ça comme si elle pouvait tutoyer le soleil et lui faire des reproches. Paul dépose un baiser sur sa joue brûlée. Elle a mal au crâne et des frissons. Heureusement, Joachim connaît bien l'infirmière du parc et il va l'emmener au poste de secours pour vérifier sa température, lui donner Doliprane et Biafine.

— C'est sans doute une petite insolation. Rien de bien grave.

En l'espace de quelques secondes et sans qu'ils s'y soient préparés, Joseph et Paul se retrouvent seuls sur la pelouse. Alors, dans un réflexe commun de protection, des phrases relatant les principaux événements de cette journée se mettent à borner leur conversation et l'un comme l'autre se contentent d'un cortège de platitudes qui ne veulent rien dire, comme on esquisse un sourire rassurant tandis qu'on pleure à l'intérieur. Un mensonge.

Puis le silence finit par se faire.

Qui claque les joues.

Paul s'allonge sur l'herbe sèche. Ses yeux s'accrochent au noir du ciel et regardent ce soir de canicule comme un rêve dont on ne parvient pas à sortir. C'est une sorte de chimie. La peau rougie, l'odeur du vent sec, les craquements dans les pins. Il y a tous ces éléments. Des sensations qui mises bout à bout font surgir les images d'un autre été. Paul voudrait que Joseph disparaisse, lui et les fantômes qui l'accompagnent.

Son portable vibre et le numéro de la mère s'affiche. Il décroche. La voix de Blanche est méconnaissable.

— C'est Charles. Il est mort.

Aujourd'hui, il aurait dû être occupé à pister un renne au plus près des entrailles de la terre, sur les sols gauchis de l'Islande. Mais quelques jours avant le départ prévu vers les volcans bouillonnants et les cascades de glace, son dernier voyage s'était achevé dans le cuir noir et piqué d'un corbillard. Il n'avait pas soixante ans. Cancer foudroyant du poumon. Charles Daumas était fumeur et trompettiste, il faut croire que c'était écrit.

Paul réalise qu'il y a presque six ans déjà qu'il ne le voyait plus. Six ans sans entendre sa voix terreuse, sans toucher sa force. Six ans de conflits larvés et d'absences. De couleurs sales.

C'est Ana qui a insisté pour qu'il se rende aux obsèques. Elle a dit il est important de lui rendre hommage, on n'a qu'un père après tout, la famille c'est sacré, et puis tu dois être là pour ta mère… Et toutes ces conneries.

Paul a accepté, remisé loin derrière lui toutes ces années où le père l'a exclu, renié. Presque effacé. Ces semaines interminables passées loin de la maison, si seul dans un coin du gigantesque dortoir. Au lycée

Jeanne d'Arc. Des heures à s'inventer une famille, une chaleur. Les week-ends de permission. Un par mois. Chaque fois le cœur qui se vide, chaque fois l'incompréhension.

Mais ce matin, pour quelques heures, planté face à la peau froide et maquillée posée sur le lit mortuaire, Paul fait comme Ana le lui a demandé. Il gomme la lucidité. Il gomme celle qui a grandi en même temps que s'est accrue la distance avec Charles, qui lui a fait tâter la vérité. Ignoble vérité.

Qu'il n'y avait pas d'amour à cueillir, pas de tendresse à ramasser.

Qu'il n'y en a jamais eu.

Ou si peu, chez ce père-là.

Ils sont tous là, exhalant leur odeur de poudre et de forêt humide, brillant de leurs épidermes rougeâtres. Fusils calés sous les aisselles, les chasseurs rendent hommage à l'un des leurs. Le plus ancien du groupe prend la parole. Ses mains tremblent autour du micro.

— Charles Daumas faisait partie de la famille, dit-il, des trémolos dans la voix.

Paul pense soudain que c'est dramatique mais que ce vieil homme a sans doute raison : cette assemblée de chasseurs connaissait Charles et l'aimait mieux qu'il ne l'avait fait lui, son propre fils.

Tout au long de la messe, Paul écoute les voix des ombres verticales qui se succèdent devant l'autel. Les homélies et les psaumes du curé. Et bientôt ça fait comme une bouillie de picotements sous les paupières. Il ne sait pas si ce sont des larmes de tristesse, disons plutôt des larmes indéterminées.

Au premier rang, Blanche se trouve entre Cécile et Paul. Leurs cuisses se touchent presque. Il y a longtemps que son fils ne s'est pas retrouvé si proche d'elle. L'odeur de tabac froid qui crève le tissu de sa robe noire, le Shalimar aussi, sa vanille onctueuse, sa fève épicée. Des effluves qui le ramènent sur les bords de l'enfance. Quand la mère était belle et jeune. Douce parfois. Blanche qui dansait comme une reine. Blanche qui portait à merveille ses tailleurs guindés et son haleine trop mentholée. Le Rouge Baiser à ses lèvres dès le petit déjeuner. Blanche Daumas, née Estève. Le grand amour de son enfance. Paul se rappelle qu'il aurait tout fait, tout tenté pour elle. Mais elle était passée à côté de lui sans le voir.

Paul croit bien qu'il lui en veut encore : avoir une mère sans jamais avoir été tout à fait un fils, quelle cruauté.

Le curé leur demande d'aller déposer une fleur dans le cercueil et d'accorder à Charles un dernier regard.

La mère se lève.

Comme un automate, Paul se met à la suivre. Debout l'un à côté de l'autre, ils se retrouvent face au cadavre du père et la main de Blanche se glisse dans la sienne. Sa paume glacée contre sa peau. Brusquement, Paul ressent de la peine pour elle. Elle qui renonce à jamais à celui qui fut son époux de trente ans. Elle qui, ce matin, met en bière le seul homme de sa vie.

La cloche de l'église sonne 11 heures. Ils attendent désormais au sein du cimetière, tous debout, face au trou béant. Accrochée à des cordes, l'immense boîte en chêne rejoint la terre noire et les yeux de Paul s'embuent. Sans s'en rendre compte, il serre plus fort la main de Blanche.

La cérémonie est passée. Paul se trouve dans le grand salon, avec quelques voisins et amis, à mâcher de la brioche et à déglutir du café froid. Ici et là surgissent des bribes de phrases racontant le père. Charles Daumas. L'ancien dentiste de la commune et l'ancien adjoint au maire, le chasseur, l'héritier d'une longue lignée de gens bien. Le coureur de jupons, chuchotent certains, une pointe d'admiration ou de dégoût dans la voix.

Paul surprend des regards compatissants dirigés vers la mère. Il y a des silences, des conversations sur d'autres choses, des frottements de joues. Des mains posées à plat sur le cœur ou sur l'épaule. Tous savent que Charles ne demeurait plus ici depuis des années mais ils font comme si. Après tout, Blanche et Charles Daumas ont vécu ensemble plus de trente ans. Ça compte. Et Charles n'a jamais demandé le divorce ni refait officiellement sa vie.

Dans le jardin, Paul renifle les frimas, devine au loin l'orage qui gronde au-dessus des vagues. Malgré lui, un plaisir nostalgique le fait frissonner. C'est peut-être là tout ce qu'il a partagé avec son père.

L'amour de la mer. Son cœur large et salé, le vent qui sèche la peau, les rafiots des pêcheurs qui penchent au loin, le bruit des vagues. La houle.

Quand il était petit, Paul adorait se promener avec Charles sur la jetée. Sa main puissante recouvrant la sienne, son pouls battant contre son petit poignet, père et fils ne se disaient rien mais la joie irradiait leurs visages. Quelquefois, Charles s'asseyait sur un muret face au ciel et il restait les yeux clos durant de longues minutes. Tête renversée, il humait le paysage, l'embrassait, s'y enracinait. Le petit Paul faisait alors dégouliner le sable entre ses doigts et attendait docilement que le père donne le signal du départ. Paul attendait déjà Charles.

Il se rappelle que ces dimanches matin – que Charles appelait « nos promenades entre hommes » – avaient rapidement disparu au profit de la chasse. Paul devait avoir dans les six ou sept ans quand le père a acheté son premier Beretta. Après, le fils n'avait eu droit qu'à des regards et à des mots au compte-gouttes. Charles travaillait du lundi au samedi et ne quittait le cabinet dentaire qu'à la nuit tombante. Le reste de son temps, il le passait à remplir ses missions municipales, à souffler parfois dans l'embouchure d'une trompette, à tuer des animaux, à ignorer sa femme, à en conquérir d'autres.

Paul aurait sans doute dû lui dire les creux à combler, la rancœur. Il aurait dû lui dire tant de choses, poser les questions aussi. Le connaître et enfin comprendre. Mais il est trop tard.

Les gens commencent à partir, ils serrent la mère dans leurs bras.

Paul étouffe.

Il prend son blouson, ses clefs de voiture, embrasse sa femme, lui dit qu'il va faire un tour.

— C'est une fournaise ici.

Ana sait que rouler apaise son mari et elle ne discute pas son départ. Paul lui glisse qu'il va en profiter pour aller chercher des cigarettes et un peu d'essence.

Lorsqu'il rentre dans la voiture, le ciel vient d'être nettoyé par l'orage et il y a une fraîcheur dans l'air qui fait du bien. Le soleil, comme si de rien n'était, s'entête à habiller l'horizon. Paul a le sentiment de retrouver un peu de pesanteur.

Une fois sur la route, au lieu de prendre la direction du tabac, Paul bifurque à gauche. Au bout de quelques kilomètres, il se retrouve à la périphérie de la ville. Puis sur la D7.

Joseph espérait Paul et Paul espérait Joseph. Une espérance d'une profondeur vertigineuse. Au milieu des planches et des outils, dans l'odeur épicée du bois, sa rumeur emplit la pièce.

Ils sont debout dans le fond de son entrepôt. Joseph reste un moment à la fenêtre, le front collé à la vitre comme un enfant. Paul le sent, l'air se perce déjà de leur désir et de leurs larmes devenues sèches. Leurs colères ont vieilli maintenant et ils n'attendent plus rien d'autre qu'eux-mêmes.

Paul s'approche.

Joseph se retourne et Paul ne voit plus que sa bouche. Comme autant de promesses sur son visage d'été.

Il y a d'abord son menton qu'il empoigne, sa barbe de trois jours qui griffe ses lèvres, sa langue fouillant la sienne. Son corps bousculé, la respiration qui se hâte. Le sang qui brûle le sexe. La frénésie au bout des doigts.

Joseph s'agenouille et dégrafe son jean. Il glisse son caleçon le long des jambes, lève les bras de Paul pour hisser le tee-shirt. À son tour, Paul ôte les vêtements de Joseph.

La nudité brise désormais l'effroi et l'interdit. Les regards changent, giflés par le désir.

Il y a leurs sexes qui se font face.

Celui de Joseph est large, bruni, marbré, soyeux sous les mains.

Magnifique.

Genoux à terre, Paul le prend dans sa bouche.

C'est un long baiser, un long vertige. Quelque chose qui étire l'amour d'un bout à l'autre, des orteils au sommet du crâne. Quelque chose qui leur dit que tout est possible, que tout peut exister. Que tout peut commencer. Recommencer.

Joseph se retient de jouir et il plaque Paul contre le mur. À présent, torse contre torse, ils entament une danse, ou plutôt un miroitement. Joseph mord d'abord le cou de Paul, ses épaules, son ventre. Paul n'a jamais fait l'amour avec un homme mais il ne ressent aucune peur. Il s'abandonne au flux, à la pulsation.

Des copeaux de sciure volettent autour d'eux et collent à leurs sueurs.

Il n'y a plus de poudre aux yeux, Joseph et Paul sont dans le vrai. C'est le cœur qui s'ouvre et qui se remplit.

Paul pourrait pleurer mais il ne pleure pas.

Il ne pense plus qu'à une chose. Son épiderme qui sent le bois contre le sien.

Il attend que Joseph l'envahisse.

Quand la chair est repue, ils restent un moment allongés sur le sol de l'atelier, leurs grands corps d'hommes enlacés, morceaux de vivant échoués l'un contre l'autre. Pour combien de temps, ils n'en savent rien.

Tout peut se défaire en un instant.

Paul se contente de livrer sa peau à celle de Joseph et, pendant quelques minutes, les plaies sont lavées, les cicatrices effacées, le monde d'avant disparu. Joseph lui souffle que c'est un temps rare et précieux, un temps compté qu'il faut savourer. Autour, le silence et les fragrances entêtantes du bois les enveloppent

Et il a raison, Joseph. La magie ne dure pas, la culpabilité pousse déjà dans l'estomac. Paul ramasse ses vêtements. Il doit rejoindre sa femme et l'enfant qu'elle couve. Il dit qu'il appellera bientôt, sait déjà qu'il ment.

On dit qu'on s'habitue à tout mais c'est faux. Jamais Paul ne s'habituera à Joseph. Chaque fois, ses baisers l'ont enchanté puis ont dévoré ses os juste après.

Jamais deux sans trois. On dit ça aussi. Alors Paul et Joseph vont se mettre d'accord et s'arrêter à trois fois.

23 septembre 2003

Depuis déjà quelques semaines, Paul a repris le chemin de l'école. La maison n'est pas encore tout à fait terminée, les travaux ont pris du retard. Il fait les allers-retours entre l'école, le chantier à Cesson et chez la mère.

Lors de la dernière échographie, le gynécologue leur a finalement annoncé le sexe. Un garçon.

— Ce sera mon petit homme, dit Ana en fixant Paul.

Ça sonne comme un reproche.

Peut-être qu'elle se sent seule. Peut-être que, depuis un moment, son époux n'est plus vraiment avec elle, qu'il n'est plus vraiment son homme. Ce dernier rentre de plus en plus tard et ils ne font plus l'amour. Paul a prétendu qu'il avait peur de provoquer des contractions.

Il y a bien eu des tentatives pour ratiboiser son visage,
Le beau visage de Joseph,
L'étêter, l'émietter.
Mais,
Il y a eu sa matière chaque fois reconstituée,
Ce manque de lui,
Chaque jour,
Chaque seconde,
Et ce désir, surtout.
Sa peau d'homme qui le touche,
Baigner dans son odeur de sciure,
Dans sa voix rauque.
Ce mystère hérissé de soie et de rage que Paul n'a pas fini de comprendre,
Cette folie.
Sa vie désormais,
Comme un chapelet de cages et d'emprises.

Paul n'a pas rappelé Joseph mais il n'a pas résisté longtemps à ses messages.

Ce soir, dans sa voiture, en rentrant de l'atelier du charpentier, Paul allume la radio. Comme à chaque fois, il l'écoute très fort. Des décibels, beaucoup de décibels. Pour étirer encore l'élan qui grouille dans les veines, ses remous. Les corps glorieux.

Car leur tour est venu maintenant.

Et c'est beau, si beau. Les mots retenus en lisière, l'amour qui déborde. Quand il y pense, ses mains accrochées au cuir du volant, Paul pourrait bien en mourir.

Et puis, au bout de quelques minutes, juste après un tube à la mode, c'est la voix de Jeff Buckley qui le cueille. *Lilac Wine*. Il repense à la version de Nina Simone que Joseph et lui écoutaient sur un vieux mange-disque, le bouton du volume poussé à fond ou oreille contre oreille, face à la Manche, leurs tympans collés contre les écouteurs orange d'un baladeur Sony.

Paul se dit que le temps a passé.

Il se dit aussi que cette reprise de Buckley est peut-être encore plus belle que celle qui les unissait, il y a vingt ans, sur la plage des coteaux.

La mère a souhaité que demain soir, Paul et elle dînent dehors tous les deux. Sans Ana.

La jeune épouse ne sourcille pas. En ce moment, Ana ne dit jamais rien. Sauf peut-être la nuit dernière, au moment de se coucher.

— Tu as la tête ailleurs, Paul. Tu t'occupes moins de moi, moins de nous.

Elle a ajouté qu'ils n'auraient pas dû quitter le centre-ville de Rennes pour venir s'installer, même temporairement, chez Blanche. Et puis ils n'auraient pas dû construire cette maison à Cesson-Sévigné. Hier, dans un magazine féminin, elle a lu un article sur les séparations. Un couple aurait 50 % de risque de divorcer pendant une construction immobilière. Elle a soupiré, regardé ses mains, son alliance, fait tourner ses poignets menus dans un sens puis dans l'autre.

— Tu vois, Paul, on cumule. Une maison, une vie sous le toit de la belle-mère, bientôt un bébé qui ne fera pas ses nuits. On est au moins à 200 % de risques.

— Tu te mets de drôles d'idées dans la tête. Plutôt que cette presse alarmiste, tu ferais mieux de lire les *Rustica* de ma mère.

Elle a souri.

— Regarde, j'arrive encore à sourire, ça veut sans doute dire que rien n'est perdu.

En cet instant, pourtant, à la place de ce sourire tendre, Paul aurait voulu une scène, et même une engueulade bien dégueulasse, un champ de mines, des corps à terre. Il aurait percé la plaie qui cloque dans son ventre, crié ce désir écrasant, encombrant, contondant, impétueux. Cet emboîtement, cette façon de se toucher, cette émotion qui n'existait plus et, même, qui n'a jamais existé qu'en la présence, qu'en l'odeur de Joseph. Une chaleur qui, chaque fois, lui tombe dessus et le terrasse, un amour qui porte un autre nom que le leur.

Au lieu de ça, Paul a pris sa femme dans ses bras et il lui a caressé le ventre. Des petits coups de pied ont traversé la membrane.

Tout doucement, Paul a pleuré dans les cheveux d'Ana.

C'est la basse saison. La ville est morte. Ce soir, la Manche ressemble à un lac de montagne. Blanche a choisi d'emmener son fils au restaurant du centre, celui de l'hôtel. À part celui-là, il n'y a plus que deux kebabs, une pizzeria et un McDo d'ouverts.

La mère a tenu à marcher avec ses béquilles. Ces derniers temps, elle a retrouvé de la force et de la volonté. Les séances de kiné semblent efficaces et puis, elle sait aussi que bientôt Ana et Paul emménageront dans la maison de Cesson, qu'avec le bébé, le jeune couple aura moins de temps pour l'aider. Paul est persuadé que Blanche se prépare pour la suite.

L'hôtel-restaurant est une vieille maison familiale située à l'encoignure de la rue de la mairie et du marché des halles. Par ses fenêtres, on peut apercevoir un bout de mer. La serveuse, une petite boule de chair tout en joues, leur dit d'un ton éraillé que leur table est bientôt prête. Il est tout juste 19 heures. Au loin, Paul peut encore distinguer l'écume qui fait des taches blanches sur la crête des vagues. En contrebas, il distingue aussi les toits plats et végétalisés ainsi que la cour goudronnée de La Fontaine. Ses yeux détaillent le paysage alentour. Les ramures des frênes devenus grands, les barrières métalliques désormais scellées autour des préfabriqués, le préau caché derrière les marronniers, les lignes blanches au sol, les paniers de basket. Et toujours vissé au bitume, le banc des VIP.

La serveuse finit par les installer dans un angle du restaurant. Ça sent un peu l'humidité et le moisi.

Une fois assise, la mère n'y va pas par quatre chemins. Elle voit bien que quelque chose ne tourne pas rond chez son fils.

— Ton père, il était comme toi avant ta naissance. Toujours parti quelque part. Il avait quelqu'un. Toi aussi, tu as quelqu'un. Forcément. Les mères sentent ça. Bon sang, Paul… Tu vas quand même pas reproduire le même schéma !

Paul a beau dire qu'elle fabule, il a beau dire le boulot à l'école, les élèves qui l'épuisent, le chantier qui n'en finit pas, les trajets en voiture entre Cesson-Sévigné et les Cormières, elle ne le croit pas. En réalité, il suffit d'ouvrir les yeux pour savoir. Blanche voit ce quelque chose écrit dans le regard. Elle a été bien entraînée par son mari, elle a une longue expérience. La mère, elle a ce don.

Mais face aux protestations et à la gêne de Paul, la voilà à présent qui change de sujet. D'instinct, elle reprend son rôle de bourgeoise quinquagénaire aux conversations diaphanes et policées. Comme elle l'a toujours fait avec ses inquiétudes, elle met un mouchoir dessus, lui parle désormais de son nouvel appartement, de la signature prochaine du compromis de vente pour la maison, de la donation qu'elle va leur faire, à sa sœur et à lui. C'est important, elle veut leur reverser une partie de l'héritage de Charles.

— De mes parents, moi, je n'ai hérité que les dettes, se confie-t-elle, les yeux tristes.

Mais Paul ne l'écoute pas, Paul pense à ces dettes que Blanche tait mais qu'elle et Charles lui ont pourtant léguées. Parce que si Paul en est là, s'il a choisi Ana, c'est peut-être bien à cause de cet effrayant modèle conjugal qu'ils lui ont servi tous les deux, durant de si longues années.

Lui qui voulait aimer ailleurs.

Elle qui le retenait.

Un mariage comme un long chemin de déchirures, terre morte d'un amour sans fond que seule Blanche fouillait encore. Oui, c'est la faute de son choix à elle si Paul a fait sa vie avec Ana, avec une femme comme Ana, s'il a choisi un amour confortable, du désir sans risque. Une fausse vie.

Pourtant Paul se tait. Se forcer à ne pas dire, ne pas faire étalage de ses questions, ne rien abîmer. Paul a été à bonne école. Et puis, au fond, à quoi bon remuer tout ça ?

Ce que la mère dit après, il l'oublie. Il ne pense qu'à Joseph. Il ne pense qu'à Ana. Dans un va-et-vient douloureux.

Il a mal au crâne et il a chaud soudain. Il faut qu'il aille aux toilettes.

Dans le petit réduit mal éclairé, il se passe un peu d'eau sur le visage et se regarde dans le miroir. C'est peut-être la première fois qu'il se trouve vraiment séduisant. Paul a honte. Depuis ce jour dans l'atelier, tout devrait le pousser à ne voir que de la laideur, mais ça ne fonctionne pas, ça ne marche pas comme ça. Il se sent tellement puissant, comme si en se glissant dans celui de Joseph, son propre corps s'était agrandi. C'est vertigineux.

Est-ce que c'est toujours comme ça, le sexe avec un homme ? Ou est-ce que c'est juste avec lui ?

Quand il rejoint la mère, celle-ci est déjà devant la sortie de l'établissement, postée sur ses béquilles, prête à partir. Paul se dirige vers la caisse pour régler. C'est là qu'il le croise. Eddy. Eddy Brousse. Il débarrasse les assiettes des tables du fond. Paul se fige. Il sent que quelque chose en lui n'est pas encore bien recollé. Mais se remet-on jamais de ce genre de choses ?

Il presse le pas.

Bien sûr il y a l'éclat de ce premier regard d'un père pour son enfant. L'éclat qui bouleverse la vie, qui la change à jamais. Il le sent. Il le sait déjà.

La sage-femme lui tend le petit paquet de langes qui enrobe son fils et Paul est saisi par la légèreté de ce tout petit corps qui se blottit et s'abandonne, minuscule innocence qui n'attend que lui pour se remplir d'amour.

Il s'imprègne de son odeur de lait, n'est plus dans le réel, juste dans le présent. Animal, instinctif. Rentre dans une autre dimension. Celle de la paternité.

Paul le devine. Il ne pourra rien espérer de plus parfait que ce moment où il serre la petite masse chaude contre son torse. Comme s'il n'y avait rien eu d'important avant et que rien de plus important n'adviendrait après ça. L'amour d'un enfant, c'est la liberté. La vraie liberté. Le reste n'a finalement pas beaucoup de valeur. Le reste, bien souvent, c'est des prisons.

Ana sanglote de joie et leurs regards se percutent.

Il perd pied.

Mais il faut être fort.

Paul se répète cette phrase comme un mantra.

Alors sa bouche se met à promettre. Des promesses d'un époux à sa femme, d'un père à son fils tout juste né. Et puis il se fait une promesse à lui tout seul, silencieuse et secrète. Il a déjà la fin de l'aventure dans la bouche. Plus jamais il ne retournera dans cet atelier qui sent le bois et le soufre, plus jamais il ne mentira à Ana, plus jamais il ne trahira la mère de son fils. Il se rappelle le serment qu'il s'était fait quand il n'était encore qu'un jeune garçon. Choyer l'épouse comme si elle était son joyau le plus pur, le plus précieux. La mère a raison. Paul n'est pas celui-là. Paul n'est pas son père.

Après deux semaines sans lui donner de nouvelles, Paul lui a envoyé un SMS. Il avait bien réfléchi : il ne fallait plus se revoir.

Joseph n'a pas cherché à le retenir.

Et, comme après cette nuit dans la pinède, Paul et Joseph ne se sont plus donné signe de vie.

Les jours qui suivent, chaque soir, Paul rejoint sa nouvelle maison. Chaque soir, il attend un avenir avec Ana et cet enfant. Noé, son fils.

Ana est de ces mères merveilleuses qui chantonnent à l'oreille des bébés de douces comptines, les nourrissent au sein comme si c'était la chose la plus facile au monde, les changent et leur donnent le bain avec une aisance déconcertante.

Pour le moment, chez Paul, la paternité ressemble plutôt à une rumeur hésitante. Le jeune père ne connaît aucune berceuse, passe de longues minutes à faire ou défaire une couche, se sent crispé au moment du bain, craignant sans cesse que Noé ne glisse sous ses mains. Paul ne se sent pas à la hauteur. Ana lui répète qu'il doit être patient, que ça viendra. Il ne demande qu'à la croire.

Il lui arrive de nouveau d'avoir des accidents de parole. Ana ne l'avait jamais entendu bégayer et il a honte. Lorsque, hier soir, à table avec elle, il s'est mis à buter sur un mot un peu long, elle a ri. Mais il lui a semblé qu'au même instant, une furtive inquiétude passait sur ses yeux clairs.

Qu'il est doux ce soleil qui réchauffe les cheveux et les peaux. Durant ces vacances de printemps, Ana et Paul s'offrent quelques jours à trois dans le Vaucluse, à se promener sur les chemins de Provence, dans leurs odeurs de fleurs et d'été déjà.

Au milieu des arbres verts et roses, Paul apprend jour après jour, mot après mot, la vie avec un enfant. Noé est un bébé adorable. Chacun de ses gestes semble empreint d'un souffle de vie. Comme Ana, l'enfant a le sourire facile et ce sourire, il lui monte à la tête. Il aide Paul à oublier qu'il a parfois froid dans les bras de son épouse, que chacune de leurs étreintes conjugales finit tôt ou tard par prendre la forme d'un autre visage.

Pourtant Ana est irréprochable et sa beauté n'a jamais été plus pleine. Elle a troqué son corps de gymnaste pour une sensualité de mère. Paul aime ses nouvelles hanches, plus rondes, plus charnues. Les plis légers sur son ventre un peu mou. Ses seins gonflés sur lesquels se dessinent désormais des mamelons larges et bruns.

Paul veut croire qu'il y a une part de décision dans l'amour, une sorte de volonté qui fait qu'un jour on aime et que l'autre on n'aime plus. Il veut aimer cette épouse et cette mère admirables, leur laisser cette chance de s'inscrire dans un temps long. Alors Paul et Ana font beaucoup l'amour. Partout. Tout le temps. Paul a besoin de se sentir frémir sous les doigts de sa femme, de lui appartenir à nouveau, de la laisser l'attacher. Mais, malgré la décision, malgré la volupté, il y a toujours ce quelque chose entre les lèvres d'Ana et les siennes.

22 mai 2004

C'est le jour de sa communion solennelle. Valentine, la fille de Cécile, a déjà douze ans.

Pour Blanche, Paul a fait l'effort de venir. Il faut dire que le frère et la sœur ne se parlent presque plus. Paul croit que Cécile lui en veut encore de l'avoir laissée toute seule avec les parents, il y a tout juste vingt ans. En effet, dès qu'elle a pu, à peine le bac en poche, la petite sœur a quitté la grande et froide maison à tourelle pour rejoindre celui qui est devenu son mari. Fabrice est agriculteur à une vingtaine de kilomètres des Cormières, dans les terres. Il élève des cochons. Au début, Cécile a fait quelques petits boulots puis, très vite, elle s'est consacrée à l'éducation de leurs deux filles. Et c'est ainsi que, depuis ses dix-huit ans, Cécile supporte Fabrice, cet homme trop vieux pour elle, au nez gras, ventre proéminent qui desserre sa cravate tandis qu'il pénètre dans l'église où son aînée mangera bientôt le corps du Christ.

La messe est passée et Paul se trouve chez Cécile. C'est l'heure de l'apéritif. Dans la cour, mélange de terre, de gravillons et de vieille herbe, attendent des chaises de jardin et, sur de longues tables réunies par une nappe en papier, un buffet paysan. Il y a une sorte de forêt de sapins d'un côté, un bassin poissonneux de l'autre, une allée centrale bordée de gros pots en terre cuite avec des géraniums rouges. Jusque-là, Paul n'est pas beaucoup venu chez sa sœur. Peut-être deux ou trois fois. Pour son mariage. Pour la naissance de ses filles aussi. À chacune de leurs rares rencontres, Noël ou anniversaires, ils s'étaient retrouvés chez la mère ou au restaurant.

Ici, dans la cour de ce vieux corps de ferme, Paul ne voit rien qui ressemble à la petite sœur, ou plutôt il ne distingue rien qui pourrait correspondre à la Cécile fantasque et si gaie qu'il a connue. Et puis il le regarde. Fabrice. Lui et sa chemise tachée de vin, à demi ouverte. Et elle. Qui le surveille, qui guette dans ses attitudes, dans ses paupières qui s'étrécissent, le moment où il va devenir lourd et vulgaire. Elle, qui n'attend plus rien.

Valentine exulte, déballe ses nombreux cadeaux de communiante. Montre Swatch, portefeuille en cuir, lecteur CD, téléphone portable. Tandis que la jeune fille remercie chaleureusement chacun de ses hôtes, Paul la regarde. Il retrouve chez elle cette couleur rousse qui, à l'époque de leur *cité des trésors*, mordorait encore le regard de Cécile. Paul se rappelle ce trouble, ce mouvement si particulier de ses lèvres et de ses yeux qui, dans un seul rire, était capable d'exprimer tant de fraîcheur et de force. À vrai dire, il n'était rien de meilleur au monde que ce rire-là.

Paul frissonne.

Qu'est-il arrivé à la petite sœur ?

On dirait que le cœur de Cécile ne bat plus dans sa poitrine. En ce jour de fête, aucun sourire n'affleure jamais à ses lèvres. Buste droit, chignon et bras serrés, elle se fige. Même sa voix semble morte. Elle ne sait plus lui parler que de choses domestiques. La mère aussi s'en inquiète, elle voudrait que Cécile prenne l'air, qu'elle cesse de s'enfermer dans sa triste maison coincée entre une porcherie et des sapins gigantesques qui ressemblent à des ogres verts.

Le repas se termine et c'est l'heure de la vaisselle. Dans le grand évier, Cécile demande à Paul de faire un bac d'eau mousseuse et un autre d'eau claire.

— Ça évite de gaspiller, dit-elle.

Elle ne prononce pas un mot de plus. Pour remplir l'espace, le frère et la sœur se contentent des filets de voix émanant du salon.

Il lave et elle essuie.

Un tablier en tissu vichy ceint sa taille qu'elle a presque squelettique. Paul pense soudain que la petite sœur est encore belle, de ce genre de beauté qui s'ignore, mais que cela ne durera pas. Bientôt sa maigreur lui tracera des cercles noirs et indélébiles sous les yeux.

Paul voudrait mieux la connaître, mais son visage reste fermé. On dirait une bête rétive. Rien, jamais, ne semble jaillir des tréfonds. Il se demande quand aura lieu l'éruption.

Il se fait tard et l'air se rafraîchit. La plupart des invités sont partis et il ne reste que la famille proche. Pendant que la mère, Cécile et ses beaux-parents, l'œil torve, regardent l'écran de télévision, Fabrice et ses frères font une belote. Sans un mot, Paul monte retrouver Ana qui s'occupe des enfants à l'étage.

Celle-ci est en train de rire avec sa nièce. Comme à chaque fois qu'elle en a l'occasion, la femme de Paul prend plaisir à remonter aux palpitations de l'enfance. Ana a eu une enfance ordinaire et heureuse et elle est capable de se laisser aller à ses sortilèges. Elle connaît les jeux, les promesses, les carillons et les fards. Paul apprécie qu'Ana soit un peu restée cette petite fille. Il ne l'en aime que davantage.

Tandis que l'apéritif du soir est pris en petit comité, Valentine distribue à ses parents, ses oncles, tantes et grands-parents des invitations en papier Canson sur lesquelles elle a collé quelques autocollants en forme de cœurs et de fleurs.

— Tenez-vous prêts, il s'agira d'un spectacle exceptionnel !

D'un ton à la fois autoritaire et enjoué, la jeune organisatrice exige que les adultes de la famille prennent place sur les chaises qu'elle vient de disposer face à l'escalier. Cécile lève les yeux au ciel mais les autres s'enthousiasment. Blanche aussi se réjouit, elle est d'ailleurs la première à s'installer.

Devant un tel empressement de la mère, Paul ne peut s'empêcher de penser aux enfants que Cécile et lui étaient. Dansant et chantant tout leur saoul pendant que Blanche cuvait son whisky dans le bureau fermé à clef. Espérant un peu d'attention, un peu d'amour. Et même quand, les jours de sobriété et à force d'insistance, il arrivait à leur mère d'être présente, il y avait toujours comme une espèce de gêne.

Aujourd'hui, elle se rattrape avec Noé et Paul devrait en être heureux. Mais en vérité, plutôt qu'un pansement, l'amour que la grand-mère témoigne à son petit-fils ressemble davantage à une plaie qui se rouvre. Noé dans les bras de Blanche : c'est toute l'enfance de Paul qui grésille. À bas bruit.

Et puis il y a Ana. Sa plénitude, cet amour élargi, ses attentions de mère qui n'ont jamais été celles de Blanche. Ni avec lui, ni avec Cécile. Paul aurait tant voulu, lui aussi, connaître les petits gestes du matin. La comptine de Monsieur l'ours sur les genoux, les rires, la poudre de cacao qui s'échappe en nuée sur la toile cirée, le baiser sonore dans les cheveux, les surnoms d'animaux. Il aurait adoré ces petites routines. Parce que les petites routines sont bonnes à respirer, parce qu'elles calment les questions et les peurs des enfants. Mais contrairement à Ana avec Noé, Blanche

Daumas ne les a jamais instaurées. Chaque jour, elle leur a imposé des matins neufs et sans repos.

On dit que le temps qui passe ôte le granuleux et le tranchant, qu'il taille et polit. On dit que chaque année, chaque mois, chaque seconde se mue en un rabot magnifique. Pourtant, encore aujourd'hui, Paul porte son enfance comme une blessure sous la carcasse.

Valentine a installé sa nouvelle chaîne hi-fi dans le salon et y a inséré un CD. Les premières notes d'une chanson de Beyoncé emplissent la pièce et la famille assiste à la descente des marches de Camille, sa petite sœur. La nièce de Paul, cinq ans, porte une robe de fée Clochette et minaude, faisant mine d'embrasser le public.

L'assemblée applaudit.

Ensuite c'est au tour de Gaëtan et de Justin, les neveux de Cécile et de Fabrice, d'arborer leurs panoplies d'Indiens. Ils miment des attitudes de Sioux puis jouent une scène de duel.

Enfin, dans les bras d'une Valentine en tenue de Tahitienne, Noé fait son apparition. Sans avoir prévenu ses parents, Valentine l'a sorti du lit parapluie dans lequel il dormait depuis quelques heures. Emmitouflé dans une cape pailletée bien trop grande pour lui, sa bouche porte du rouge à lèvres fuchsia et ses pommettes d'enfant sont soulignées par une ombre dorée. On dirait une petite princesse. Il rit aux éclats.

La musique cesse et les lumières se rallument. Le spectacle est terminé. Les torses de Valentine, de Camille et de leurs cousins se gonflent de fierté.

Le corps minuscule et tordu de la mère penché sur Noé. Un torchon de cuisine au bout des doigts. Et elle qui frotte, frotte et frotte encore.

— C'est grotesque. Ça commence comme ça et…

Des rougeurs apparaissent sur le visage de l'enfant. Paul chancelle, incapable de réagir. Tous les yeux se braquent sur lui, attendant sans doute un signe de sa part, mais c'est Ana qui se rue vers leur petit bonhomme d'à peine huit mois.

— C'est ce que vous voulez vraiment, Ana ? hurle la mère. Avoir engendré une fillette ? Qu'il se fasse haïr ? Qu'on l'insulte, qu'on le batte, qu'on le traîne dans la boue ? Qu'on l'humilie comme on a humilié son père ?

Les lèvres de Noé tremblotent, l'enfant est au bord des larmes. Blême, Ana ne répond rien. Elle lui arrache son bébé, le prend entre ses bras, tourne les talons et sort dans le cuir épais de la nuit.

Quelques secondes après, le roulement d'un moteur résonne dans la pièce. Paul reconnaît celui de leur Ford familiale. Ana s'en va et la langue de Paul devient acide.

Plusieurs minutes et raclements de gorges plus tard, les convives font semblant. Semblant de n'avoir rien vu, de n'avoir rien pensé, rien compris. Ils prennent des postures de circonstance, suspendent à leurs lèvres des sourires racornis. Mais, pendant que tout reprend comme si et comme avant, la rancune envahit Paul. Blanche vient de lâcher les chiens.

La soirée ne s'éternise pas et les derniers invités repartent. Fabrice ronfle déjà sur le canapé du salon, il a un peu trop abusé du bourgogne. Après que Camille et Valentine ont tendu leurs fronts roses pour un dernier baiser, la mère et Cécile s'enferment dans la cuisine pour ranger la vaisselle. Paul erre un long moment entre les sifflements de Fabrice et le brouhaha télévisuel. Son front est chaud, des gouttes de sueur perlent à travers le coton de sa chemise. Pour le moment, il n'a aucune nouvelle d'Ana. Recroquevillé dans un fauteuil, il se contente d'être dans une attente passive et creuse qui l'épuise.

Au bout de quelques instants pourtant, il se redresse, prend une grande inspiration et se décide à rejoindre la cuisine.

Assise au bout de la grande table en chêne, la mère est en train d'essuyer des verres à vin avec un torchon propre. Paul s'installe face à elle.

D'une voix laineuse, Cécile annonce qu'elle va faire du café.

— Je vais en faire un costaud, ça remet les idées en place.

Aussitôt, la mère se lève et, avec l'aide de sa béquille, ouvre la fenêtre. Le dos tourné, elle plonge sa tête dans l'embrasure et hausse les épaules.

— C'était une mauvaise idée ces confettis, Paul. Les gosses en ont foutu partout sur la pelouse. Il va falloir ramasser.

De sa veste, elle extirpe péniblement son paquet de Winston et commence à s'en griller une. Le café brûle les lèvres de Paul. Gorgée après gorgée, il libère un peu plus la fièvre. Paul la sent enfler, prendre du relief. Et il laisse faire. L'onde se diffuse. Il éprouve ses fréquences qui pulsent dans les vaisseaux, qui se diffractent. Les joues rouges, les nerfs roulés en boule, la chaleur dans les poings contractés : Paul se dit qu'il est en train de réagir comme un enfant.

Et même, il est un enfant.

En vérité, Paul ne croit pas à ces histoires d'âges qui se succèdent ; il pense plutôt que les âges de la vie se sédimentent, se superposent. Selon les circonstances. L'un prenant le pas sur l'autre. Or aujourd'hui, l'enfant qu'il était, qu'il est encore, a des comptes à solder et il va falloir que la mère l'écoute. Point barre.

Une heure et demie après.

Paul est dans la voiture avec Cécile. Elle le raccompagne chez lui. Ils ont laissé la mère en pleurs dans la cuisine, toute seule avec les mots vomis par son aîné.

Le jeune homme a un corps d'éther. Il scrute devant lui le tableau de bord poussiéreux et, par à-coups, oblique son regard vers le paysage piqué de lampadaires. À la fois soulagé d'avoir parlé à Blanche et inquiet de ce que ces aveux remuent déjà en lui, Paul se sent hors du temps, sur l'arête meuble d'un monde qui n'existera bientôt plus. Cécile, elle, reste droite. Sève sèche. Pas un tressaillement. Rien.

Sa voiture longe maintenant le mur de la maison de Cesson. Elle tourne la clef, coupe le moteur de son monospace et regarde son frère avec des yeux nouveaux.

— Ça doit t'faire du bien, hein, d'avoir vidé ton sac, mais au fond, tu fais que te plaindre et tu comprends rien, t'as jamais rien compris, Paul. C'est vrai que tout à l'heure, devant tout l'monde, elle aurait pas dû réagir comme ça, mais elle a eu peur. Peur pour Noé. Peur que le cauchemar recommence. Maman, elle sait pas y faire avec les gosses, elle a jamais su. On va pas se raconter d'histoires. Une enfance cabossée comme la nôtre, ça s'efface pas. On a nos casseroles et t'en as sans doute des plus lourdes que les miennes. Mais ce soir, maman, elle méritait pas tes mauvaises paroles et papa et maman, ils méritaient pas non plus tes années d'absence et d'indifférence. Nos parents, ils étaient pas parfaits. Loin de là. Mais ils nous aimaient. Qu'est-ce que ça peut foutre au fond qu'ils aient pas accepté ton histoire avec Joseph ? Ils sont d'une autre génération, de celle pour qui des hommes qui s'aiment, ça ressemble à une faute pénale. Une tare. Pour eux, t'étais malade et c'était leur devoir de t'aider à guérir. Papa, lui, il voulait juste que tu sois un mec normal, intégré dans la société, heureux. Et alors ?

Ils t'aimaient à leur manière, avec leur éducation et leurs préjugés d'un autre temps. Mais ils t'aimaient. Maman surtout, elle faisait ce qu'elle pouvait. Avec ses fragilités, avec sa maladie. Et toi, dès que t'as pu, tu les as largués et tu m'as larguée. Tu nous as laissés tous les trois avec le manque et la honte. Avec le chagrin aussi. Qu'est-ce que tu crois ? T'as même laissé crever papa à petit feu sans jamais lui donner de tes nouvelles pendant plus de six ans. Six ans ! Et avec maman, tu t'es à peine mieux comporté. Un dîner avec nous trois fois par an. Et encore... Pourtant, papa et maman, ils en ont bouffé de la merde à cause de toi. Le qu'en-dira-t-on, les regards et les saloperies des voisins, du conseil municipal, des patients, de la famille Daumas. Papa, d'abord. Il a dû vivre avec un poids immense sur les épaules, c'était pas aussi facile qu'aujourd'hui. Mais fais pas ces yeux-là, bon Dieu. Fais pas cette tête. Tu sais, Paul, papa il est allé loin pour te protéger, sans doute trop loin même. Qu'est-cc que tu crois qu'il lui est arrivé à ton Richard ? Tu penses vraiment qu'il s'est noyé tout seul comme un con ? Il est temps que t'arrêtes de faire la victime dont personne se souciait jamais. C'est vrai, quoi, y avait des gens qui t'aimaient à l'époque. Moi, par exemple, quand j't'ai vu faire le mur pour rejoindre Joseph ce soir du 14 juillet, j'étais inquiète. Y avait des mois que t'allais mal, que t'avais l'air d'avoir des secrets. Alors j'ai eu peur. Peur que ces vermines de Richard ou d'Eddy te harcèlent encore, que tu prennes à nouveau des médocs, que tu finisses à l'hôpital, qu'ils te tuent, cette fois. Pour de bon. Alors, je t'ai suivi là-bas, jusque dans la pinède. Je me suis cachée. Et je les ai vus. Je les ai vus fourrer ta bite de quinze ans dans la bouche de Joseph. J'ai vu tes larmes aussi. Tes yeux comme des trous noirs. Ta rage qui éclate, la mienne avec. Alors, j'ai pas hésité. J'leur ai jeté des pierres et j'ai couru jusqu'à la maison. J'étais comme une cinglée. J'ai réveillé les parents et je leur ai tout raconté. Papa, il a pas hésité non plus. Et on est partis pour te sauver de ces fils de chiens. Mais on t'a pas trouvé, on a trouvé que Richard. Il se défonçait encore la gueule, au bord de l'eau, sur la petite plage de la pinède. Il était dans un sale état. Quand il nous a vus, il s'est mis à t'insulter, il criait que tu valais rien, que t'étais un raté, une sale raclure de pédé. Il a même hurlé que t'avais été fini à la pisse. Au début, papa, il s'est approché de lui pour le calmer, mais l'autre, il a continué à le bombarder d'injures dégueulasses. Alors papa a commencé à l'frapper. Une sacrée rouste qu'il lui a mise ! Mais ce connard, il a continué à nous insulter. C'est là que papa a plongé sa tête dans l'eau, que ses mains ont appuyé. Il voulait juste le faire taire, il répétait qu'il fallait pas toucher à ses gosses, à la prunelle de ses yeux. Mais, quand il a relâché ses doigts, le crâne, lui, il est resté à la surface. Richard respirait plus. Il s'était noyé. Papa est resté calme, il a dit qu'au moins Richard te ferait plus jamais de mal. Il regrettait rien, il disait qu'il devait te protéger, qu'il avait fait son devoir. Et puis, il m'a ordonné de rentrer à la maison et je l'ai attendu avec maman. Longtemps. Dans le silence de la cuisine. Toi, tu dormais déjà, t'étais dans ta chambre, t'avais rien vu d'tout ça.

Quand papa est revenu, il était trempé de la tête aux pieds. Et il avait ce regard. Je crois qu'il aurait pu mourir pour nous, pour ses enfants. Avant que je rejoigne ma chambre, il m'a fait promettre d'en parler à personne. Surtout à toi. J'ai promis. Mais papa est mort, maintenant. Et j'en ai assez que tu salisses sa mémoire.

Le frère et la sœur passent plusieurs heures ainsi, blottis dans sa voiture à elle. Tous deux élevés dans le culte du non-dit, ils découvrent l'incroyable puissance de la parole, se délestent peu à peu des bavardages stériles qui, depuis le départ de Paul pour l'internat, avaient délité ce qui faisait la force de leurs liens d'enfants.

Au fil de la conversation, Paul comprend qu'en réalité, l'extrême violence de cette nuit du 14 juillet 1984 avait rapproché Cécile du père. Devenue adolescente puis adulte, cette sœur qu'il connaissait finalement si peu avait réussi ce que lui n'était jamais parvenu à faire : créer une connexion, et même une intimité avec Charles.

Cécile avait appris à connaître celui qui, devenu père et mari à l'âge de vingt ans, avait été contraint de jouer au titan. Des années à faire son devoir. À bander les muscles, à durcir le silence. Enfin, elle avait touché du bout du cœur ce père et mari qui avait attendu d'oser quitter la mère et le poids des responsabilités pour cesser de vivre son destin comme une succession de grincements et de fausses notes, pour s'autoriser à être celui qu'il avait toujours voulu être. Un gars simple et solitaire qui, jusqu'à sa mort, alla aux champignons, chassa la grive et promena chaque jour, dans les méandres de la forêt, sa lourde et valeureuse liberté.

— Tu ne connaissais pas papa. Tu ne savais rien de lui au fond et tu l'as jugé sans savoir.

Paul se souvient.

C'était un jour d'hiver. Il devait avoir dans les dix ou onze ans et Cécile cinq ou six. Tous les deux, ils étaient allés à la supérette et, au lieu de rentrer directement, ils avaient traîné un peu dans le quartier. Cet après-midi-là, avec leur argent de poche, ils s'étaient acheté en douce un paquet de Chamallows et un autre de Car en Sac, leurs bonbons préférés. Cela faisait quelque temps déjà que la mère s'était mise en tête de leur interdire les sucreries, elle disait que ça ramollissait le cerveau des enfants. Un médecin l'avait affirmé dans une émission de télé.

Ce jour-là, avant de rejoindre leurs parents, Cécile et Paul s'étaient dirigés vers la pinède pour y déguster tranquillement leur trésor illicite et se construire une nouvelle cabane. Pris par le jeu, ils avaient tardé et le soir était tombé. Ils n'avaient pas vu l'heure tourner. Plutôt que de rentrer, le frère et la sœur étaient restés cachés sous un amas de branchages. Paul retardait le moment du retour à la maison, il avait peur de prendre une trempe.

C'est une voisine qui avait fini par les trouver.

— Dépêchez-vous de les rejoindre, vos parents sont comme des fous ! Surtout Charles. Il est dans l'eau depuis une heure, à vous chercher. Il croit que vous vous êtes noyés !

La voisine les avait fait passer par la plage pour signaler le plus vite possible à leur père et à leur mère qu'ils étaient tous deux sains et saufs. On devait être en février ou en mars. Du sentier pédestre qui surplombait la mer, on pouvait distinguer une silhouette qui s'agitait au milieu du ressac et de l'écume. Elle allait et venait inlassablement. Paul avait reconnu le père. La mère, elle, courait dans tous les sens en hurlant. On aurait dit une possédée.

Juste après, Paul et Cécile s'étaient retrouvés avec leurs parents sur le sable. Durant de longues minutes, sans rien dire, à l'aide de serviettes éponge qu'un voisin avait apportées, la mère avait frictionné le corps violacé de Charles. Elle frottait et frottait la peau transie en même temps que les larmes avalaient par saccades le visage de Paul.

Le garçon ne pleurait pas à cause de l'engueulade et de la marque des doigts paternels qui bosselait à présent sa peau, non, il pleurait parce que, pour la première fois, à travers la forme lointaine qui recherchait dans l'eau glacée le corps de ses enfants, il avait vu l'amour du père. Cet amour sans mots. Sans regard, sans geste tendre. Mais de l'amour. Cet amour qui n'appartenait qu'à lui et qui, en cet instant où Paul et Cécile se trouvaient sur le sentier, s'était déversé dans le creux des vagues.

Toute cette nuit, Paul a fait le même rêve. Avec Charles, il repoussait le corps inerte de Richard Vialatte le plus loin possible, dans le rire noir de la Manche. Et, juste après, main dans la main et sourire aux lèvres, père et fils regardaient le courant l'emporter.

Paul y pense tout le temps. Si Joseph n'avait pas été là pour l'arrêter, il aurait pu être à la place du père. Ce 14 juillet 1984, il aurait pu tuer Richard.

Désormais, Paul en est convaincu, n'importe qui peut se muer en criminel. C'est en chacun de nous. Bien souvent, l'envie de tuer reste un crépitement secret porté tel un germe empêché de croître par la morale, par l'éducation, par l'immobilité, par la société tout entière. Pour autant, elle est bien là, cette envie. Impossible à domestiquer complètement, toujours prête à se dégourdir les crocs comme un chien d'attaque délivré de sa muselière, devenant, sous la pression de l'injustice et de la colère, un sifflement continu. Insupportable acouphène qui éloigne la raison, distille le goût du sang, creuse les lignes consolatrices du néant. Capable d'affaisser toute volonté, de nous figer dans ce que nous possédons de plus bestial, de nous faire glisser sous une boue dont on ne pourra jamais plus ôter les éclaboussures. Une rivière de fange, indélébile et impardonnable.

Et pourtant, en dépit de cette certitude, lorsque Paul pense à ce crime perpétré par son propre père, il ne peut s'empêcher de le voir comme le plus grand des actes d'amour.

31 mai 2004

En ce lundi de Pentecôte, ils sont allongés sur la plage. La mère n'a pas voulu prendre le fauteuil ni même les béquilles. Elle marche mieux.

Il est seulement 11 heures du matin et, sur ses joues, Paul sent battre le vent qui, petit à petit, ouvre le ciel. Il n'y a que lui et la mère ici. Ana a décliné l'invitation de Blanche, elle a préféré passer la journée seule avec Noé à Cesson-Sévigné. La jeune femme en veut encore à sa belle-mère pour son esclandre à la communion de Valentine. Paul, lui, a accepté de la voir. Depuis qu'il lui a livré ce qu'il avait sur le cœur et depuis sa discussion avec Cécile dans la voiture, il se sent plus serein.

Blanche s'est pomponnée pour l'occasion. Le brun de ses yeux est fardé de mauve et à ses poignets noueux des bracelets argentés frissonnent joliment quand elle s'anime. Paul remarque toutefois que sa poitrine amaigrie flotte bien plus qu'avant dans son vieux gilet.

Après avoir installé sa serviette, la mère sort un transistor de son sac, le pose à côté d'elle et l'allume.

La voix de Cochran glisse sur le sable.

Summertime Blues.

Blanche a toujours adoré cette chanson. Paul se rappelle qu'avec la grand-mère Madeleine, elles disaient que c'était *leur* chanson. Il l'avait presque oubliée.

Alors, aussitôt, sans vraiment réfléchir, Paul se lève, tend la main et le regard vers elle, vers la mère, il la hisse jusqu'à lui.

Au début, son corps se cambre, freine, ralentit les gestes du fils qui tentent de la guider. Et puis, petit à petit, l'apaisement affleure sous les lèvres, fait s'évanouir les rides à son front. Paul la fait tournoyer sur le tapis de grains et Blanche ondule et virevolte. Entre ses bras. De plus en plus vite, de plus en plus fort. Encore et encore. Dans cet invariable tournis, les traits de sa mâchoire, les lignes de sa bouche semblent, d'un coup, pareils à ceux de Paul et à ceux de Noé. Ils ont simplement l'air plus profonds, plus fatigués. Peut-être sont-ils les reliques des nuits d'inquiétude et de veille pour son Paul tout petit et fragile, peut-être témoignent-ils de ces maux-là, de ceux que l'ingrate mémoire d'un enfant oublie. En cet instant, Paul aime à le croire.

Blanche est belle, très belle. Elle incline la tête en arrière, rit à gorge déployée, par saccades, continue de tourner. Elle dit attention Paul, je vais tomber, je ne respire plus… Mais la musique et la voix de

Cochran continuent de les emporter. Ils se serrent et se desserrent sans jamais se perdre.

Durant ces trois petites minutes d'une merveilleuse supercherie, quelques pas de rock improvisés les désaltèrent bien plus que les discours. Et Paul saisit que, comme à son père, il lui a tout pardonné. La danse est une réconciliation des sens et des âmes.

Te souviens-tu encore, mon Joseph, de cet après-midi d'été où tu me regardais danser, les yeux clos, sur la plage des coteaux ?

Les angles des murs sont noircis et des toiles d'araignée gigantesques envahissent les poutres. On entend chanter un coq. Les odeurs âcres du lait qui crème dans la pièce d'à côté parviennent jusqu'aux narines de Paul. Juste en face, les bras maigres de la petite Amélia plongent dans le manteau laineux d'une brebis et Marc, un élève autiste, fixe, immobile, un carré lumineux que le soleil à travers la fenêtre de l'étable inscrit sur le sol de paille.

Dans la cour qui longe le mur, plusieurs cerisiers en fleurs sont alignés, et quand le vent en soulève les feuillages, on dirait qu'ils libèrent une poudre blanche. Aujourd'hui, les élèves et leur instituteur sont en visite au sein d'une ferme pédagogique. Moutons, chevaux, chèvres, ânes, vaches et même alpagas leur tiennent compagnie. Ana est là aussi. Depuis que Noé est né, la jeune maman est en congé parental, mais comme son mari manquait d'accompagnateurs, elle a tenu à le dépanner. Noé est donc resté avec la baby-sitter. Cela fait déjà plusieurs minutes que Paul regarde sa femme montrer patiemment à une petite trisomique comment positionner ses mains bien à plat pour nourrir une jument. L'amour et la reconnaissance lui montent aux yeux.

Après la communion de Valentine, Ana s'était contentée de demander à son époux s'il aimait encore les hommes. Elle avait dit tu aurais pu m'en parler, je ne t'aurais pas jugé, je ne suis pas comme ta mère. Mais Paul lui avait répondu que c'était de l'histoire ancienne. À l'époque, il était un collégien jeune et fragile et les choses avaient définitivement changé avec elle, grâce à elle.

Ana n'avait pas insisté.

Elle n'avait pas exigé de savoir qui était le garçon de cette période. Elle lui avait seulement demandé s'il y avait eu d'autres hommes. Paul avait juré que non. Après tout, il n'avait aimé que le garçon de la première fois. Il ne mentait pas vraiment.

— C'est important, la confiance, avait-elle ajouté. Il faut toujours lui garder une place au chaud. Si un jour elle n'a plus sa place, notre mariage n'aura plus de raison d'être.

Cette nuit-là, Paul avait fait l'amour à Ana. Cela faisait des semaines qu'ils ne s'étaient pas touchés. C'était un amour goulu, comme s'il se faisait dans une intenable urgence.

C'est le début de l'après-midi. Ana et Paul viennent de finir leur pique-nique et autour, tout semble calme. Devant eux, une poule part à la recherche des miettes de sandwichs et de chips puis elle gratte la terre pour chercher des vers. Au loin, on peut voir la campagne avec ses champs remembrés d'où sortent çà et là quelques bouquets de peupliers, de noisetiers ou de chênes. L'air est chaud. À quelques mètres, un petit groupe d'enfants se masse autour de l'agricultrice qui leur montre comment traire une chèvre. Les autres font la sieste sous un pommier ou fouillent les pissenlits en quête d'une coccinelle ou d'un scarabée. Paul étire ses jambes, les herbes hautes se ramassent sous ses pieds et il respire avec délice la mollesse de l'instant.

Ana a les joues rouges et la peau de son buste est semée de petits éclats de transpiration. Le téléphone collé à l'oreille, elle interroge la baby-sitter, s'inquiète de savoir si leur fils se porte bien. Après cet appel, Paul et sa femme discutent de choses anodines, évoquent le parcours scolaire difficile de certains élèves. Ana écoute attentivement son mari et lui donne des conseils. Sa voix est si gentille. Paul lui dit qu'ils pourraient aller boire un verre tous les deux à Rennes. Un soir. Comme avant Noé. Ana accepte et Paul lui souffle à l'oreille qu'il l'aime.

Un vent puissant traîne sur la route et les feuilles mortes volent jusque sur son pare-brise. Paul rentre la voiture dans le garage et s'étonne de ne pas voir la petite Peugeot d'Ana. Sa femme n'est probablement pas encore revenue de la pharmacie. Noé a une angine, il les a empêchés de dormir une bonne partie de la nuit.

Une fois dans l'entrée, pourtant, quelque chose l'interpelle. Chaque objet est à sa place, tout lui semble extrêmement bien rangé. On dirait une maison témoin et ce n'est pas le genre de sa femme.

Paul sent immédiatement l'absence dans la maison. Elle imprègne tout, elle pue.

Il ouvre le placard de l'entrée. Les vestes et les foulards d'Ana n'y sont plus. Il gravit à toute vitesse les escaliers et constate qu'une grande partie de ses vêtements a disparu de l'armoire, que ceux de Noé ont déserté la commode.

Ana lui a laissé une lettre sur la table de nuit. Elle va vivre quelque temps à Rennes, chez une amie, en attendant de voir. Voir quoi ? Elle ne le dit pas.

Après plusieurs appels de Paul sur son portable, elle décroche. Elle dit qu'elle est au courant.

Aujourd'hui, Joachim est venu lui parler de Joseph Kahn, de la liaison que Paul et lui ont eue dès la fin de l'été dernier. Cela faisait plusieurs mois déjà que Joachim hésitait à venir la voir, et puis il a pensé que tout comme lui, Ana avait le droit de savoir. Quelle conne… C'était donc lui ! Elle a mieux compris le silence de Paul depuis le week-end au milieu des girafes et des gnous. Ce silence qui tenait son désir.

Elle se rappelle pourtant cette discussion qu'ils avaient eue sur la confiance, peu après l'épisode de la communion. Il aurait alors pu tout lui dire, elle se doutait déjà qu'il y avait quelqu'un. Ils auraient peut-être pu réparer.

Elle lui demande s'il l'aime encore et Paul ne répond pas.

Il ne sait pas quoi répondre.

Elle dit qu'elle ne veut même pas lutter, elle ne fera pas le poids contre Joseph, contre un amour comme celui-là. Elle le sait déjà.

— Et puis tu t'es suffisamment rempli de moi sans rien me rendre, conclut-elle sèchement.

Paul comprend que dans un premier temps, il pourra prendre Noé chez sa grand-mère le dimanche après-midi. Ana s'arrangera pour ne pas être là quand il viendra. Elle ne veut pas voir son mari pour l'instant, se charge d'annuler la location prévue pour leurs prochaines vacances.

Paul ne répond toujours rien.

Elle raccroche.

Il sort de la maison et prend la route.

Arrivé sur la D7, Paul tremble de rage et de peur. Il va exiger des explications, tenter de comprendre pourquoi Joseph a fini par révéler leur secret à Joachim.

Voulait-il se venger ?

Mais alors pourquoi avoir gardé le silence le jour où Paul lui a signifié leur rupture ?

L'atelier semble encore ouvert, la lumière éclaire faiblement l'une de ses toutes petites fenêtres qui ressemblent à des meurtrières. Pendant que le flux de son sang s'accélère, Paul entre sans frapper.

Salopette de travail, barbe et cheveux anarchiques, mains burinées, un vieil homme se trouve là. C'est le patron de Joseph.

Assez vite, le vieux lui apprend que Joseph Kahn ne travaille plus ici. En réalité, un soir de novembre, le jeune charpentier a tout laissé derrière lui : son travail, son appartement. Et même Joachim. Le vieux a bien essayé de le contacter depuis, mais son numéro de portable n'est plus en service. Tout ce qu'il sait, c'est que sa mère a quitté la région en même temps que lui : Iris et Joseph Kahn se sont volatilisés, comme ça, sans crier gare. Le patron n'a pas réussi à en découvrir plus sur son ancien employé mais au fond, il n'y a pas vraiment de quoi être surpris. Joseph a toujours été un gars bohème, un instable. Tout le monde sait ça dans le coin. Il aurait dû se méfier davantage.

Paul ne répond pas et tourne les talons sans même saluer le vieux. Il regagne sa voiture à pas lents.

Un quart d'heure après, Paul a rejoint la côte.

Il arrête son véhicule sur le bas-côté et se met à marcher sur la grève. L'eau s'agite et cogne les rochers. Planté face au retour brutal de la mer sur elle-même, il se dit que sa petite existence est pareille à ce ressac. Depuis sa naissance, elle ne cesse de se fracasser à une réalité aussi dure que ces brisants, éternel va-et-vient qui grossit sa peine et ses regrets comme la houle gonfle à l'instant l'écume des vagues.

Et maintenant, il n'a plus qu'à gueuler contre le vent.

Confortablement installé dans sa poussette dernière génération, Noé contemple les feuillages qui frémissent dans le vent léger, écarquille les yeux. On dirait qu'au sein de cette venelle cerclée de verdure, son regard tente d'épouser le paysage en entier, de le retenir, de l'engloutir.

Derrière lui, Blanche et Paul marchent dans la tiédeur de cette soirée de juin. Ils ne se parlent pas. Dans sa tête, Paul ne fait que dérouler les événements les uns après les autres, dans une sorte de frénésie expiatoire. Viennent tour à tour se mêler le battement de ses souvenirs conjugaux, le départ d'Ana, ses vaines tentatives pour retrouver Joseph. Et depuis : les jours paralysés, son quotidien d'automate, la misère du soir qu'il traîne dès la porte de la classe fermée, les petits carrés de Lexomil pour la nuit, le piano qu'il n'ose toucher. Une vie en dormance.

Il n'y a guère plus que les romans qui l'intéressent. À s'en abîmer les yeux, même. Jour après jour, le jeune enseignant s'oublie dans leur poésie, vit d'autres vies. Renaît. Ou meurt.

C'est selon.

Paul pense souvent au petit garçon bègue et solitaire qui se réfugiait sur les marches du préau, un tas de livres d'aventures collé à ses genoux. Il n'a pas tellement changé, au fond. Tu es comme moi, à t'habituer aux choses parce qu'elles te dépassent, lui a dit une fois la mère.

Mais sur ce sentier agreste, Blanche ne pose pas de questions. Elle respecte le silence de Paul et, en signe de réconfort, se contente de passer sa main sur son épaule. Elle sait qu'en cet après-midi, son fils n'a besoin de rien d'autre : la véritable attention tient dans son oreille qui écoute et dans les doigts tendres et maternels qui s'attachent à son dos.

Ils finissent par rejoindre un salon de thé où Blanche a ses habitudes. Des jeunes discutent autour d'une assiette de macarons. Quelques personnes seules et plus âgées lisent un magazine, un livre, ou font des mots croisés à côté d'une tasse fumante. Une sorte de langueur enrobe les lieux. Un groupe de mamies joue au tarot juste à côté, ce sont les seules qui s'agitent un peu. Elles rient comme des enfants et leur plaisir d'être ensemble se lit sur leurs visages martelés. Paul ressent néanmoins comme une gêne. À certains moments, creusées par les rides profondes d'un proche trépas, leurs figures semblent muer leurs éclats de rire en éclats de démence.

Blanche est occupée à revenir du comptoir où elle a commandé leurs chocolats chauds et il y a bien longtemps que Paul ne l'a pas observée ainsi. De loin. Autrement qu'accrochée à son bras et à ses murmures. Il la regarde. Marcher comme on glisserait mollement sur des patins de tissu, se replier sur elle-même. D'ailleurs, s'il y prend garde, tout chez elle semble se ramasser. Les plis sinueux à son front, les cils et les sourcils usés, presque inexistants, les cheveux de plus en plus clairsemés, le duvet épaissi au coin des lèvres, les jambes maigres et fatiguées posées sous un ventre qui dégouline. La silhouette sans forme que Blanche trimballe avec elle ne correspond plus du tout à la mère flamboyante de son enfance. Il n'y a plus d'artifice qui illusionne, plus rien pour cacher la sombre évidence. Vieillir, c'est s'exposer, râper le cuir, ôter l'enveloppe. Mettre à nu l'échine et retrouver la tige fragile.

Paul se demande bien à quel moment on passe de l'autre côté, à quel moment l'existence se met à fuir entre nos doigts, les genoux à ployer sous la fatigue, le silence à faire un bruit qui éreinte. Est-ce qu'un matin, on croise soudain la vieillesse et ses lignes de fuite dans un miroir ? Ou bien celle-ci nous atteint-elle toujours par bribes, nous enlaçant de manière lente, insidieuse, implacable ?

16 juin 2004

Dorénavant, pendant qu'Ana habite avec Noé dans la maison de Cesson-Sévigné, Paul loge chez Blanche, dans la chambre d'amis de son nouvel appartement. C'est elle qui est venue vers son fils et le lui a proposé.

Ce mercredi matin, ils sont tous les deux dans la cuisine. Blanche prépare une tarte aux légumes en écoutant la radio et Paul lit la presse locale.

Pour la troisième fois au moins, il rapproche ses yeux du journal. Hier, Yvan Brousse, trente-cinq ans, est mort. Il s'est suicidé. Un hommage lui sera rendu à 16 heures, dans l'église des Cormières.

Quand il l'annonce à Blanche, la voix de Paul se met à trembler.

— Je le savais déjà. Une ancienne voisine me l'a appris ce matin quand je suis allée chercher le pain. C'était vraiment devenu un pauvre type, dit la mère. Il avait lâché ses études, s'était mis à fréquenter les mauvaises personnes. Un vrai junkie. Un jour, ton père l'avait croisé faisant la manche sur la rue piétonne. À ce qu'on raconte, il s'est pendu à la branche d'un de ces immenses pins. Ceux de la pinède, la petite plage où vous jouiez parfois ta sœur et toi quand vous étiez plus petits.

Paul est estomaqué.

Avoir subi le mal. Regretter de l'avoir fait. Au fond, qui peut dire ce qui est le plus douloureux ?

26 juin 2004

Aujourd'hui, c'est le grand jour, celui de la kermesse tant attendue par les élèves de l'école. Paul a cherché par tous les moyens à faire exister le spectacle de danse qu'il a monté avec sa classe. Un mambo. Il s'est débrouillé pour trouver des costumes et a fait appel à un ami artiste afin de leur offrir un décor de toute beauté. La préparation de cette kermesse a été son échappatoire.

D'habitude, lors du spectacle de fin d'année, la prestation des élèves de la classe spécialisée, la CLIS, est regardée par les autres parents avec une sorte de pitié condescendante. Mais cette année, Paul sent que l'admiration l'emportera sur les bons sentiments.

Il est 15 heures. Les enfants vont entrer en scène. Devant l'estrade, Ana discute avec l'une de leurs collègues. Elle porte Noé dans ses bras. Paul s'avance pour l'embrasser mais Ana lui tend une main molle. Elle hésite. Ça fait comme une larme qui ne veut pas sortir.

— J'avais promis à mes anciens élèves et aux tiens de venir voir leur petit spectacle, dit-elle dans un souffle.

La représentation est un succès, les enfants et leurs parents sont ravis. Certains serrent Paul dans leurs bras, d'autres font un simple geste de remerciement et de complicité. L'école a organisé un repas de fête avec les familles volontaires et les convives prennent l'apéritif autour d'un buffet en partie cuisiné par les élèves de la classe spécialisée. Au début, les conversations sont un peu téléguidées et puis petit à petit, les cols de chemise se relâchent, les voix perdent leur feutre, les fronts se rapprochent. Les gens boivent et passent du bon temps. À la grande surprise de Paul, Ana est restée.

Bras dessus, bras dessous, les poches remplies de tickets verts ou roses, des gosses surexcités galopent d'un stand à l'autre. Pêche au canard, chamboule-tout, maquillage, ils ne savent plus où donner de la tête. Ce soir, ils rapporteront des babioles made in China qui ne tiendront que quelques heures, mais qu'importe, puisque ce butin les fait rêver.

Paul se souvient que lui aussi a eu cette innocence. C'était il y a longtemps, avant La Fontaine. Il y a un siècle. Pourtant, ce soir, une haleine tiède et douce vaporise la cour de l'école et même lui, il promène un corps léger, heureux d'être dans l'instant qui perle, satisfait aussi d'être auprès de sa femme et de son fils. Sans penser à rien, si ce n'est à ce petit quelque chose qui ressemble au bonheur.

Tandis qu'ils grillent une cigarette devant l'école avant de se quitter, Ana demande à Paul ce qu'il attend.

Paul aimerait savoir pourquoi elle lui pose cette question, où elle veut en venir.

Elle lui répond qu'elle ne sait pas vraiment, c'est juste qu'il a l'air de quelqu'un qui attend que quelque chose arrive.

— Tu vois, te regarder en ce moment, c'est un peu comme observer un robinet qui fuit et ne rien faire. Tu sais d'avance qu'il va forcément y avoir un jour où tu devras t'en occuper mais tu fais l'autruche et tu ne répares pas. Alors la question est toujours la même dans ce cas-là : combien de temps, Paul ? Combien de temps avant que les dégâts soient irréversibles ?

Le lendemain, Paul, Cécile et leur mère se rendent au cimetière.

Paul aime les visites de ces lieux. C'est un pas de côté, une respiration loin du tumulte des vivants. Les vieilles allées gravillonnées sont des lieux salutaires pour qui oublierait que toute cette vie n'est qu'une fable. Paul est d'ailleurs convaincu que si les hommes gardaient à l'idée la façon dont tout s'achève, les choses seraient sans doute plus simples. Oui, les choses seraient bien différentes, elles ressembleraient à des histoires et des espérances d'enfants. Où rien n'est impossible. Où tout est réversible. Mais dans la réalité, ce qui gouverne nos existences d'adultes est lesté d'une gravité et d'une rancœur auxquelles on ne peut rien.

Ils s'arrêtent devant la tombe de Charles et Blanche y dépose un bouquet de roses rouges. Quelques traînées de sel parsèment sa peau ridée et pour la première fois depuis des années, elle se décide à parler à ses enfants réunis. Elle leur raconte son époux. Leur père. Pour la première fois, leur dit le bonheur des débuts. Cette nuit avec Charles par exemple, quelques semaines après leur rencontre. Dans un petit hôtel de bord de mer, près de Saint-Malo.

Elle se souvient. Le matin qui a suivi. Tout contre son épaule, les yeux grands ouverts et son visage encore trempé des baisers de la nuit. Avoir seulement dix-neuf ans et l'avenir devant soi mais vouloir que ce matin-là, ce matin si calme et tranquille, dure une vie. Imaginer pour toujours rester dans ces draps, se laisser flotter dans leur trêve ouatée. Croire, sans y croire déjà, que les choses ne changeront jamais.

Blanche pense qu'elle a eu de la chance de connaître Charles, de connaître un amour aussi puissant.

— C'est un mystère, dit-elle. Sans doute le plus beau, le plus nécessaire. Le plus terrible aussi.

Alors qu'il est planté là, face à la stèle creusée de lettres d'or, ses doigts noués à ceux de la mère et de la petite sœur, les larmes bleuissent les paupières de Paul. Il comprend que Blanche, Cécile et lui ont enfin lâché les regrets et les reproches, qu'il ne leur reste plus que le chagrin de la perte. Et le chagrin, c'est un sentiment pur, une émotion de premier degré, pleine de noblesse. Il efface les manques et les imperfections du passé pour ne laisser place qu'à la moelle la plus tendre, à ce qui faisait la beauté et l'importance du disparu. À sa précieuse singularité.

Ses doigts accrochés à leurs doigts, Paul se dit que le deuil est sans doute la chose qui se partage le mieux au monde. Il rapproche les êtres et, contre toute attente, il l'a finalement rapproché de sa mère et de sa sœur. Et peut-être même que, quand il sera mort, Ana et Joseph se sentiront plus proches qu'ils ne l'ont jamais été.

Le jeune homme esquisse un sourire triste.

Quelques minutes après, tandis qu'il traverse les allées grises et minérales, Paul se demande s'il connaîtra à nouveau un jour la terrible douceur de Joseph.

Ana a voulu qu'ils passent un peu de temps ensemble avec Noé. Elle pense que c'est mieux pour lui.

Chaque mercredi et chaque dimanche, depuis deux semaines, Paul voit donc Ana. Ils vont au parc, à la plage, sur les sentiers qui bordent la mer, mais ils ne se retrouvent jamais tous les trois à la maison de Cesson. Ana refuse. Elle dit que cela lui ferait trop de mal. Paul adore son fils alors il accepte tout d'Ana. Il a trop peur qu'elle réduise ses jours de garde.

La nuit dernière, dans un carnet, Paul a dressé la liste de toutes les choses qu'il ne fait plus avec son petit garçon. Ne voir son fils que deux fois par semaine est un crève-cœur et, parfois, Paul a peur de ressembler au père. Aimer son fils de loin lui est de plus en plus insupportable.

Paul repense souvent à sa conversation avec Ana, devant l'école, le soir de la kermesse. Au prix à payer pour une volonté désossée, pour cette attente qui ruisselle en silence.

Bruissement des vagues et cris joyeux de vacanciers, c'est déjà la fin de la saison estivale mais le soleil tape fort encore. Il fait d'ailleurs si chaud que Noé se planque bien à l'abri des rayons sous une petite toile que sa mère a dégotée dans un vide-grenier. Pour la première fois depuis longtemps, Paul et Ana discutent sans animosité.

La jeune femme se fait du souci pour lui, trouve qu'il a maigri, qu'il est pâle, qu'elle ne lui avait pas encore vu ces petites veinules, là, juste au coin des yeux. Elle lui demande aussi comment va Blanche. Ana sait que, depuis quelque temps, celle-ci fréquente Tony, l'ancien jardinier de la maison des Cormières. Paul lui apprend que tous les deux iront bientôt en Bulgarie afin de visiter la vallée des roses, un vieux rêve de la mère.

Ana est ravie pour Blanche. Elle dit :

— Il faut croire que tout peut toujours recommencer.

L'après-midi se délaie. Une sorte de brume chaude et étouffante semble s'être assoupie sur le sable. Ana et Paul se baignent à tour de rôle avec leur fils. Dans les vaguelettes, ses petits bras coincés dans des brassards arc-en-ciel, Noé s'ébat, rigole, se tord. À plusieurs reprises, le sourire d'Ana embrasse celui de Paul. L'amour de cet enfant semble continuer de vivre en leur couple et, sur cette plage, il joue un air de tendre réminiscence.

La plage se vide peu à peu de ses parasols. Noé s'est endormi, sa petite tête bouclée et angélique posée sur les cuisses de sa mère. Sous la lueur tendre de cette fin d'après-midi, la couleur de son visage d'enfant ressemble à celle du taffetas que portait Ana, le jour de leurs fiançailles. Ana était si belle dans cette robe dont elle disait, en taquinant Paul, que le tissu n'était pas rose mais *corail.*

Pour Paul, observer Noé à l'instant, c'est avoir envie de retrouver sa femme. Regagner leur couche. S'allonger à côté d'elle et, à la fois présent et minuscule, faire le siège de son sommeil. Aux pourtours entre l'éveil et la nuit, effleurer ses cheveux éparpillés sur l'oreiller, laisser ses doigts voleter d'abord tout près de sa peau blanche, suivre lentement ses courbes. Rallier son refuge, la permanence d'un mariage et d'une famille.

La présence apaisée du petit garçon rappelle à Paul combien, avant le retour de Joseph, ils étaient heureux ensemble. Il doit bien se rendre à l'évidence : tandis qu'Ana l'a rempli de joie et de force durant toutes ces années, l'amour avec Joseph n'a été qu'un dépouillement. Comme longtemps auparavant, le drôle de garçon l'a encore une fois amené à tout perdre.

Il pense aussitôt à la mère, à sa sérénité depuis qu'elle fréquente le jardinier. L'autre jour, Blanche lui a dit que c'était une autre sorte d'amour. Moins fort qu'avec Charles, c'est sûr, mais aussi moins tourmenté, plus tendre. Et si, se demande Paul, c'était là, non pas une faiblesse, mais bel et bien la plénitude et le repos auxquels chacun aspire ?

Il la regarde. Le maillot échancré, les épaules brunies. Elle est belle, Ana. Le désir siffle et, en même temps que lui, une envie de jours neufs avec elle. Après tout, il est peut-être temps pour Paul d'offrir à Noé l'alcôve d'un couple parental, d'en finir avec cette vase lâche et tiède qui le retient de tout depuis des semaines. Peut-être que c'est le moment. Sa main dans le dos d'Ana, il remonte ses doigts jusqu'à sa nuque. Leurs regards se traversent et, une fois de plus, ils se sourient.

Quand il rentre chez Blanche, celle-ci est en train d'éplucher des pommes pour faire un gâteau. Elle a ressorti un vieux magnétophone et des cassettes de son fils. Rod Stewart, Elton John, Madonna. Des chansons à la gomme, nostalgiques et sucrées. Le jardinier est avec elle. Ils écoutent *Material Girl*. Tony et Blanche rient d'être surpris dans leur régression musicale.

Un énorme bouquet de roses de Damas est posé au centre de la table. Blanche lui dit que ce sont les dernières roses de l'été, les plus précieuses, et qu'elle en a disposé quelques-unes dans un vase sur la commode de sa chambre.

— Je tenais à te les offrir, mon chéri.

Paul la remercie, l'embrasse et se précipite à l'étage, réalisant subitement qu'il rejoint sa chambre comme le ferait un adolescent qui rentre du lycée.

Sur sa commode, juste à côté du bouquet de roses, se trouve une pile de courrier que Blanche lui a gentiment déposée. Parmi quelques plis administratifs et des publicités, une grosse enveloppe brune attire immédiatement son attention. Au dos de celle-ci, aucun expéditeur n'est mentionné. Après l'avoir ouverte, il en extirpe un gros paquet de lettres : chacune d'entre elles est insérée dans une petite enveloppe sans timbre ni adresse mais libellée à son nom. Il les étale sur son lit et se met à les compter. Il y en a trente-deux.

Paul y retrouve aussitôt l'écriture nerveuse et resserrée de Joseph, le poignet tourné vers l'intérieur, le stylo positionné dans la main d'une manière bien peu académique. L'instituteur dirait que Joseph fait des pattes de mouche et que cela lui vient sans doute de cette instruction donnée à la maison par sa folle de mère. Mais, au fond, c'est bien peu de chose.

Paul a peur d'ouvrir ces lettres et il a peur de les lire. Paul a quinze ans. Ses ailes tremblent.

Les mots traversent sa gorge comme des lames et blessent ses yeux. Joseph lui a écrit dès son arrivée au Canada, vingt ans auparavant, et il n'a jamais cessé. Paul découvre les strates d'un passé qu'on ne saurait refaire.

Durant ces années où Paul le croit loin de lui et de ses pensées, Joseph Kahn inspire en réalité le même air que le sien, la même douleur, le même souvenir. Il s'y enroule, s'y blottit peut-être. Il est seul avec son amour pour lui.

Paul devine les ombres sous les yeux, les plis amers autour de la bouche, les muscles en tension, rétrécis, cherchant en vain à empêcher ce qui pourrait surgir de l'intérieur.

Puni. Il s'est puni. Il les a punis. Vivant pendant de longues années son désir pour Paul et pour les hommes comme une excroissance honteuse. Le regard de son père sur lui laissant une trace trop tenace, purulente.

Alors Joseph a essayé.

Quelques filles.

Leurs seins lourds, leurs peaux fines, leurs sexes trempés. L'air chaud et miellé ressortant de leurs corps ronds, leur jouissance.

Il n'a pas réussi.

Il ne s'est jamais guéri de leurs baisers. Il est resté amoureux de leur amour, il en est resté à leur amour. À cette force qui fait vivre et mourir.

Joseph lui a écrit sa première lettre ce matin-là, dans l'avion. C'est ce jour où, comme ça, quelques semaines après le coup de téléphone entre ses parents, il se retrouve direction Toronto et que son père et sa kippa l'accueillent pour le remettre sur le droit chemin.

Ce jour d'hiver 1984, en rentrant dans son appartement au dix-huitième étage d'une tour en verre, Yaïr Kahn lui dit ce que personne ne lui a dit avant lui et, dans sa bouche de père, les mots revêtent une grande importance. Patiemment, cette bouche lui apprend la Torah. Ses enseignements divins, ses préceptes. Les lignes de ce verset du Lévitique aussi : « L'homme qui couche avec un homme comme on couche avec une femme : c'est une abomination qu'ils ont tous deux commise, ils devront mourir, leur sang retombera sur eux. » Et pour Yaïr Kahn, il n'est pas question que son fils unique transige.

Au début, Joseph se contente d'écouter la voix de Yaïr, sans trop y croire. Il pense simplement que son père est un fou de Dieu qui débloque.

Et puis la parole de son père creuse son lit.

Imperceptiblement.

Le soir, au moment du coucher, Joseph repense aux cris de chacals chez Isabelle, au mépris des autres, à leurs insultes. Une nuit d'insomnie, il écrit que son père et tous ceux-là ont peut-être raison, que c'est peut-être Paul et lui qui ont tort.

Durant son séjour canadien, Yaïr se montre malgré tout plutôt gentil avec Joseph et père et fils se découvrent de belles affinités. Le temps passé à Toronto se révèle finalement agréable. Lors de la barmitsva d'un voisin, Yaïr présente à Joseph un ami ébéniste qui lui propose de faire un stage au sein de son atelier. Joseph jubile. Quelque temps après, le jeune homme confirme sa vocation : il travaillera le bois mais il sera charpentier.

Ces mois passés au Canada, Joseph les raconte dans des lettres qu'il n'ose pas envoyer à Paul. L'adolescent attend, il est fier. Paul a promis de lui écrire en premier. Mais Joseph ne reçoit pas ses lettres. Il ne les recevra jamais. Il est déçu, il lui en veut. Plus tard, il comprendra que Yaïr les a toutes interceptées et brûlées.

Dans une lettre datant du 5 juillet 1984, Joseph avoue à Paul qu'avant de rentrer chez Iris, son cœur oscille entre l'envie de le revoir et celle de respecter les principes de son père, de sa mère et d'une bonne partie de l'univers.

Pourtant, dans la lettre qui suit, il s'avoue qu'il ne pourra pas résister. Il a envie de recommencer.

Basculer. Retrouver leur délicieuse obscurité, explorer cette perdition.

Le 20 juillet 1984, il écrit que cette nuit de fête nationale, cette nuit où ils se sont enfin retrouvés, est à la fois l'un des plus beaux et des pires moments de toute sa vie.

Ce soir du 14 juillet, il aurait voulu tout expliquer à Paul, le prendre dans ses bras, lui demander pardon de ne pas avoir été là, lui dire cet amour toujours vivant. Il aurait voulu le défendre, leur cracher au visage. Mais sur l'instant, la haine de Richard et des autres a décharné sa force, la sidération l'a laissé sans mot et sans ressort.

Cette nuit-là, quand Joseph rentre dans le mobile-home après avoir abandonné Paul et Richard au cœur de la pinède, les idées du Canada viennent immédiatement le revisiter. Il s'y accroche. Il doit oublier les hurlements de cette nuit barbare.

Effacer ses lèvres violées.

Il ne veut plus être l'erreur de fabrication de Yaïr et d'Iris, il est temps de renoncer à l'insatiable, de faire bonne figure. Ne pas aimer Paul. Ne pas avoir cet amour insensé pour un garçon, le laisser derrière lui. Quitter Paul comme on quitte sa propre peau, devenue trop étroite et embarrassante.

La seule chose qu'il s'autorisera, ce sera ces lettres. Sans timbre ni adresse.

Le lendemain, il appelle Yaïr et le supplie de l'accueillir à nouveau pour quelque temps. Il dit qu'il ne supporte plus la vie au camping avec sa mère, qu'il veut s'éloigner des mauvaises personnes. Yaïr est ravi et lui envoie un billet d'avion en courrier urgent.

En partant à l'aéroport le matin du 17 juillet, Iris achète le journal. Dans la rubrique faits divers, il y a un article sur la noyade de Richard. Joseph sursaute. Sa mère le trouve blême et met cela sur le compte du voyage en avion qui approche, sur leur séparation à venir.

Lui, il se demande ce qui a bien pu se passer.

Il croit que c'est Paul.

Et si c'est bien ce qu'il croit, Joseph se sent au moins aussi coupable que lui dans ce drame. Tout est sa faute. Il regrette d'avoir été si lâche, de l'avoir laissé seul, là-bas, avec Richard. Mais il ne pouvait pas faire autrement, c'est la peur qui l'a dominé. Il pense qu'il ne se pardonnera jamais, que Paul non plus ne lui pardonnera jamais. Et ça l'arrange, au fond, ce sera plus facile de partir maintenant.

Plus tard, en septembre, quand il revient en France après un dernier mois passé à Toronto, il passe aux Cormières. Il veut voir Paul, se justifier, comprendre ce qui s'est passé avec Richard. Et puis, à quelques mètres de la maison à tourelle, il renonce. Il craint de ne pas tenir, il tremble. Alors il fonce chez les Compagnons, à des centaines de kilomètres. Cette distance entre eux, c'est son salut, la possibilité d'une rédemption. Il croit qu'il va s'en tirer. Il se promet que s'il n'y parvient pas, il se tuera.

Chez les Compagnons, il a peur que ça se remarque. Son désir. Il veut que les autres apprentis le voient comme un autre qu'il n'est pas, sous d'autres traits et d'autres déguisements. Il s'invente des repères, des éclats. Il se poste devant ces jeunes hommes comme sur une scène de théâtre et agite sa marionnette.

Et puis, on commence à beaucoup parler du sida. Il est effrayé, il a honte.

Il couche avec quelques filles, avec leurs peaux et leurs odeurs écœurantes.

Il n'y arrive pas.

Même la nuit, il a un sommeil sans rêves. Il se les interdit, craignant que Paul y apparaisse et fasse monter le manque et l'humiliation d'un cran. Il vit des jours vides et déformés, pâles et sans fin. Seule la saveur du bois sous ses mains recèle un peu de sa vérité.

Lui, il n'a plus rien de tangible.

De temps en temps, ses parents lui reprochent de ne pas leur présenter cette petite amie qu'il s'est inventée. Ils le croient secret alors qu'il est empêché.

Cinq ans plus tard, après son tour de France avec les Compagnons, il rencontre Joachim. Il tente d'abord de ne lui offrir aucune prise mais Joachim sait. Instantanément. La rugosité de son désir, la plaie derrière le costume lisse.

Un soir, lors d'un dîner chez des amis communs, les jeunes gens se frôlent et Joseph se laisse aller à un frémissement. Ce frisson dit toute l'épaisseur, la force retenues.

Tout va très vite.

La chaleur de leurs torses, les baisers comme des morsures, le désir bruissant sous les reins. Joseph entend enfin le plein et la chair. Il recommence à exister.

La masse noire des cheveux de Joachim, son visage brun et carré, l'ossature large de son corps tissent peu à peu des ports d'attache. Joseph s'y arrête de plus en plus souvent, y prenant chaque fois un plaisir supplémentaire.

Joachim est insouciant. Ses amis aussi. Quand il lui tient la main ou qu'il l'embrasse, rien n'altère la légèreté dans leurs regards.

Joseph reste discret mais la gêne se dilue.

Il pense encore à Paul mais moins fort.

Il commence à comprendre qu'il s'est perdu dans une histoire qui n'était pas la sienne. L'histoire de Yaïr Kahn. Ses haines et ses peurs éculées, sa religion de trembleurs, leurs lois dépassées.

Sans explication, il rompt toute communication avec son père. Puis quelque temps après avec sa mère. Il veut désormais vivre sa vie et sa sexualité telles qu'il les entend. Il veut être libre.

Joseph et Joachim s'installent ensemble dans un appartement bordelais lumineux, vivent une belle vie à deux. Joseph participe à de gros chantiers de rénovation sur des monuments historiques, travaille, voyage énormément.

Mais au bout de quelques années, le jeune charpentier se fatigue plus vite, connaît même des moments de profond abattement. Il commence également à avoir des maux de tête de plus en plus fréquents et intenses. Joachim le pense dépressif et l'incite à lever le pied. Le vétérinaire croit aussi que le fait d'avoir coupé les ponts avec Iris est une importante source de mal-être. Il convainc son compagnon de reprendre contact avec elle.

Un après-midi, Joseph entreprend de rouler jusqu'à chez sa mère. Une fois l'un devant l'autre, terriblement émus, Iris et son fils s'enlacent. Peu après, assis en tailleur sur l'herbe du parc HLM, ils ont une longue discussion. Iris regrette ses agissements du passé, elle n'aurait jamais dû téléphoner à Yaïr après l'anniversaire d'Isabelle Barouin, elle s'en veut d'avoir fait de son propre fils un paria à exiler. À l'époque, dans son costume de hippie, elle se croyait plus libérale et puis, finalement, elle avait découvert qu'elle ne l'était pas tant que ça, que ce n'était rien d'autre qu'un costume. Mais les choses ont changé. Joseph promet de lui présenter Joachim.

En ce temps-là, Joseph a toujours ses problèmes de santé et, en plus des migraines, il fait désormais des crises d'épilepsie, perd parfois l'équilibre. Les médecins ne parviennent pas à établir de diagnostic précis mais il est clair qu'il ne peut plus travailler ni se déplacer autant. Joseph et Joachim décident donc de quitter Bordeaux et leur vie citadine pour une existence plus paisible. Iris a entendu dire qu'un vieux charpentier du coin avait besoin d'aide pour travailler le bois dans son atelier. Joseph le rencontre et se fait embaucher. De son côté, en attendant de monter un nouveau cabinet vétérinaire, Joachim accepte une mission de quelques mois au sein d'un parc animalier, à une cinquantaine de kilomètres de chez Iris. Et c'est comme ça que Joachim et lui emménagent non loin des Cormières. Au calme du bord de mer, le couple se persuade que Joseph gagnera en sérénité et se rétablira plus vite.

Quand, quelques semaines après son emménagement, Ana contacte Joseph pour l'inviter au mariage de Paul, une brise glacée crisse sous sa poitrine. Le jeune charpentier a froid pendant des jours, il finit même par attraper une mauvaise grippe. Durant son congé maladie, dans son plexus souffreteux, il sent le gouffre.

Joachim s'inquiète pour son compagnon, il dit que son regard a la tristesse du métal. Il l'embrasse et, déjà, en gardant les lèvres sèches, Joseph le trahit.

Le jour du mariage, il hésite à venir. Il a peur de sentir la haine de Paul. Ou pire. Il a peur qu'il lui ait pardonné et veuille toujours bien de lui.

Il boit beaucoup avant de se décider. Du rhum avec du jus d'orange, il n'y a plus que ça chez lui, et il est presque ivre quand il arrive dans la salle du restaurant. Il trouve Paul changé. Encore plus beau, plus grand et costaud surtout. Il écrit qu'il a un corps brutal et infiniment désirable.

Il bande rien qu'à le regarder.

Ce que Joseph craignait recommence, il se remet à l'aimer tout bas.

Les jours qui suivent, il retrouve la douleur du manque. Il la chérit presque, la protège. Il ne veut plus jouir de Joachim, il veut prendre les doigts et la bouche de Paul, les écraser contre son désir. Contre sa culminance.

Le battement du cœur reprend là où il s'était interrompu presque vingt ans auparavant. Joseph saisit alors que le désir d'une peau n'a pas d'histoire, qu'il ne vieillit pas, ne s'érode pas, qu'il est toujours là, ardent et intact. L'amour comme une partition inachevée et inachevable.

Après, il n'y a plus de lettres pendant longtemps. À partir du moment où ils ont couché ensemble, Joseph n'a sans doute plus trouvé le besoin de faire exister Paul dans du papier et de l'encre.

Et puis, il y a cette lettre datant d'un peu avant leur rupture. Le diagnostic est enfin tombé : Joseph souffre d'une tumeur. Son cerveau est atteint mais, comme il est jeune, il existe de sérieux espoirs de guérison. Joseph n'en parle à personne si ce n'est à sa mère. Il ne veut pas que Paul s'inquiète, son enfant va naître dans seulement trois semaines. Il lui dira après la naissance et peut-être qu'alors il sera temps pour eux de s'engager véritablement et de vivre ensemble ces quelques mois ou années de sursis. Peut-être même que cet amour hors norme qui les unit depuis tant d'années l'aidera à guérir. Joseph aimerait tant le croire.

Le soir suivant le diagnostic, Joseph quitte Joachim. Il lui avoue à demi-mot qu'il aime un autre homme et qu'il le voit depuis l'été. Joachim veut savoir s'il s'agit de Paul mais Joseph ne répond pas. Il se contente de remplir un sac de fringues et de rejoindre le HLM de sa mère.

Enfin, Paul ouvre la dernière lettre. Les premiers mots y sont tout serrés, les lettres recroquevillées sur elles-mêmes, sèches, sans rondeur. Joseph y décrit leurs derniers échanges, la distance que Paul a peu à peu instaurée entre eux en quelques semaines, et surtout sa décision de rester avec sa femme et son fils tout juste né. Dans cette lettre, Joseph dit qu'il ne cherchera pas à le retenir, que ce serait là un désir vain et égoïste.

Ce n'est que justice, écrit-il.

Les jours qui suivent, Joseph braille, pleure, gueule. Il dit qu'il peut continuer à gueuler comme ça longtemps. Plus rien ne le retient, la douleur perce l'enveloppe du corps et s'échappe, la chair qui atténue et protège disparaît. Soudain amaigri et sans force, il sait déjà qu'il ne se battra pas contre la maladie.

À quoi bon ?

Il écrit que bientôt, ses pensées et ses propos seront confus, son humeur et sa personnalité différentes, qu'il aura aussi des difficultés à manger, à marcher, à dormir. Alors ses derniers mois ou ses dernières semaines avant tout ça, il veut les passer avec sa mère, dans un van, comme quand il était petit. Tant qu'il pourra tenir debout, voir et entendre, ils iront de par les routes, dormiront près des clairières, dans les sous-bois, écouteront au petit matin le froissement des ailes au-dessus de leurs têtes, regarderont le ciel qui s'étale tout autour. Il dit qu'avant de quitter ce monde, il veut encore partager quelques instants de cette beauté et de cette poésie que Paul dansait si bien autrefois sur le sable des coteaux.

Lorsque, d'une main tremblante, Paul dépose cette lettre avec les autres dans la grande enveloppe brune, il y découvre une feuille de papier pliée en quatre. Celle-ci est écrite de la main d'Iris Kahn.

Paul, ces lettres te reviennent.

Durant ses dernières semaines passées avec moi, Joseph les avait gardées sur lui comme un trésor et il m'avait fait promettre de te les confier après son décès.

Ne sois pas triste surtout, votre histoire est de celles qui rendent la vie désirable et il n'y a rien à regretter. Tu sais, Paul, mon Joseph disait que les amours des hommes sont comme les arbres : pareilles au bois, même abattues, même clouées, elles continuent de travailler. Une part d'elles perdure et vit toujours.

Lentement, le cœur de Paul se déchire en petits copeaux tranchants.

« Il y a harcèlement scolaire quand un élève fait subir à un autre, de manière répétée, des propos ou des comportements agressifs. La loi punit le harcèlement scolaire, mais aussi les violences scolaires et la provocation au suicide. Les victimes peuvent alerter la direction de l'établissement scolaire et les associations. Elles peuvent aussi demander à la justice de condamner pénalement l'auteur du harcèlement et de réparer leur préjudice. »

Direction de l'information légale
et administrative (Premier ministre),
Ministère chargé de la justice.

En France, quelque 700 000 élèves sont victimes de harcèlement scolaire, dont la moitié de manière sévère. Et encore aujourd'hui, plus de trente-cinq ans après l'histoire de Paul et de Joseph, ce harcèlement se manifeste particulièrement envers les personnes LGBT.

REMERCIEMENTS

Merci à Zoé, Audrey, Béatrice, et à toute la belle équipe du Livre de Poche.

Merci à Rubens, Clarence et Pierre-Hugues pour leur patience, leur soutien et surtout leur amour.

DE LA MÊME AUTRICE :

La Dérobée, Anne Carrière, 2018.

Les Corps conjugaux, JC Lattès, 2020.